La Grande Solderie

Les Insensés n° 48

DU MÊME AUTEUR
CHEZ WOMBAT

La potiche a peur en rouge & cent autres fables express,
préfacé par Hervé Le Tellier, 2021

Pierre Jourde

La Grande Solderie

Trois parodies

Wombat

ISBN : 978-2-37498-218-2
ISSN : 2261-8724

À mes fils, Axel, Gabriel et Jean

Mon père, ému, tendit au nénuphar fidèle
L'obélisque à vapeur où trempait sa bretelle

Pierre Dac

La Grande Solderie

François Tusnel – Eh bien bonsoir à vous, et bienvenue à vous dans ce nouveau numéro de « La Grande Solderie », avec ce soir eh bien une brochette d'écrivains dont les ouvrages, ces dernières semaines, ont fait l'actualité littéraire. J'ai autour de moi, sur ce plateau, Marie Boicussecq, Christine Ragot, Michel Klouelbecq[1] et Philippe Salers. Philippe Salers, bonsoir à vous…

Salers – Bonsoir à vous, François Tusnel.

F.T. – Philippe Salers, on ne vous présente plus, cela fait soixante ans que vous êtes une figure majeure de la littérature française…

Salers – Majeure, mais pas vaccinée…

F.T. – Ah oui, ah ah ah…

Salers – Non, pas vaccinée, je suis ouvert à tous les vents du monde, à toutes les circulations dangereuses,

1. © Pascal Fioretto.

à tous les courants insaisissables. Non, pas de vague ciné. À ceux qui ont des yeux pour voir, à ceux qui ont des oreilles pour écouter, j'offre le grand écran de l'insoumission majeure.

F.T. – Oui, bien sûr. Alors Philippe Cantal…

Salers – Salers…

F.T. – Pardon, excusez-moi… Philippe Cantal est votre véritable nom, d'où ma confusion, n'est-ce pas…

Salers – Qu'est-ce qu'un véritable nom ? C'est celui de la vérité. Où est le masque, où le visage ? Salers est devenu la vérité de Cantal.

F.T. – C'est cela… Donc Philippe Saint-Nectaire…

Salers – Salers.

F.T. – Salers, où avais-je la tête, vous publiez aux éditions Galinette un nouveau roman, *Aviser Venise*. C'est un Venise clandestin, presque occulte, que vous décrivez…

Salers – Il y a à Venise des endroits secrets réservés à quelques initiés. Si vous y allez de ma part, vous comprendrez beaucoup de choses. Votre corps vous apparaîtra sous un jour différent. Vous entrerez dans la confidence de quelques conjurés, d'un réseau secret d'irréductibles.

F.T. – Oui, certainement. La jouissance est un des grands thèmes de votre livre…

Salers – L'Occident ignore la vraie nature de la jouissance. Là aussi, la police métaphysique a rétabli l'ordre sur les corps. Le corps de Salers fait peur. Le corps de Salers fait peur parce que c'est un corps d'écrivain. La société a toujours réprimé le corps des écrivains.

F.T. – C'est bien évident. Mais qu'est-ce que la jouissance, au fond ?

Salers – La jouissance… La jouissance, c'est de déguster un verre d'amarone 2009, un breuvage divin élaboré par mon ami Giuseppe Quintarelli. La métaphysique occidentale est radicalement remise en question par la jouissance. Par l'amarone.

F.T. – Oui, c'est ce que je me suis souvent dit.

Salers – Évidemment cette ambroisie ne peut pas se déguster seule, qu'est-ce que vous croyez, l'amarone 2009 exige une jeune femme à la chevelure blond vénitien, bien sûr, aux yeux verts, c'est évident, et qui n'a pas vingt-cinq ans, comme de juste. J'écris et je bois de l'amarone à Venise, dans mon appartement du Palazzo Molin. C'est là que Mozart a séjourné, en 1771. Dix-huit ans avant la Révolution française. Vingt-cinq ans avant la mort de Robert Burns. Deux cent trente-huit ans avant l'amarone. Les dates, le vin, les femmes. Comme par hasard.

F.T. – Oui…

Salers – Suivez mon regard…

F.T. – Oui… Alors Philippe Salers, vous regrettez dans votre livre de ne pas être toujours reconnu à votre juste valeur…

Salers – On ne comprend pas ce que j'écris. Le complot des clergés tente depuis toujours d'étouffer ma voix, d'arraisonner le corps scandaleux de l'écrivain. Mais à Venise, avec mon corps, j'écris, je crie, j'équarris la vieille carcasse de la littérature, derrière moi il y a Proust, Joyce fait partie de la conjuration, Rimbaud me fait des confidences et Nietzsche me parle au creux de l'oreille. Personne n'a jamais compris ce qu'ils disaient vraiment. Là aussi, l'inquisition métaphysique s'est arrangée pour qu'on ne les entende pas. Qui a vraiment lu Rimbaud ?

F.T. – Qui, on se le demande…

Salers – Pourtant on pourrait facilement comprendre Rimbaud, si on se mettait vraiment à écouter, avec sa troisième oreille, l'oreille intérieure. On pourrait expliquer tout Rimbaud et tout Nietzsche, au tableau noir, avec une craie.

F.T. – Ah bon ?

Salers – Mais oui, rien de plus simple. Seulement voilà, la métaphysique occidentale interdit…

F.T. – Et donc vous pourriez le faire ?

Salers – Oui…

F.T. – Vous pourriez le faire ?

Salers – Oui…

F.T. – Il pourrait le faire ! Bravo.

Salers – Mais voilà, on persiste à effacer leur message. Moi, c'est la même chose. Pour bien m'entendre, il faut avoir quelque chose de spécial, quelque chose que la plupart des gens n'ont pas, la surdité est un effet de la répression sociale.

F.T. – Et les femmes, Philippe Salers ? Les femmes tiennent une grande place dans vos livres...

Salers – Les femmes ont l'ouïe plus fine, beaucoup de femmes me comprennent, elles entendent, elles voient clairement dans le corps de mon texte le point de la jouissance, là où tous les sens se libèrent, où les corps dansent avec les concepts sur le cadavre pourri de la vieille hypocrisie sociale. Ceux qui m'entendent évoluent sur un autre plan. J'écris pour les marginaux et les illuminés, j'écris pour les génies, pour les putains, pour les fous.

F.T. – Vous vous rangez parmi les grands rebelles, Rimbaud, Artaud, Lautréamont. Quel est pour vous le plus grand rebelle aujourd'hui ?

Salers – Le Pape, bien sûr. J'ai reçu d'ailleurs une lettre de remerciements de la curie romaine pour ce livre. Je l'ai avec moi. Vous voyez, c'est marqué : « Le Saint-Père vous remercie de l'envoi de votre livre... »

F.T. – Ah oui, tout de même...

Salers – Seulement la police métaphysique...

F.T. – Absolument. Eh bien merci, Philippe Salers…

Salers – On arraisonne le corps déraisonnable de l'écrivain qui…

F.T. – C'est certain. Merci Philippe Salers, je me tourne à présent vers Christine Ragot. Christine Ragot bonsoir à vous…

Salers – Car l'écrivain est par nature un marginal, un hétérodoxe…

Ragot – Bonsoir.

Salers – Un sécessionniste !

F.T. – Christine Ragot, vous venez de publier aux éditions Favard un livre qui d'ores et déjà défraie la chronique, le tout-Paris ne parle plus que de ce livre événement. Vous êtes en couverture de *Libération*, des *Inrockuptibles*, de *Paris-Match*, de *France-Dimanche*, de *Closer*…

Ragot – *Elle.*

F.T. – Pardon ?

Ragot – En couverture de *Elle.*

F.T. – Absolument.

Ragot – C'est un journal de femmes.

F.T. – Justement, j'allais…

Ragot – Mais ça, on l'oublie, évidemment. Forcément. «*Elle*». Les femmes. Elles.

F.T. – Votre livre a pour titre *Pourquoi la Meurthe-et-Moselle*. Alors pourquoi ce titre, Christine Ragot ?

Ragot – Pourquoi pas ?

F.T. – Oui, bien sûr.

Ragot – L'écrivain est libre, non ?

F.T. – C'est bien évident.

Ragot – Toujours des « parce que » par ci, des « tu dois » par là. Toujours des causes et des raisons, des règles, de la grammaire. Qui dit règle dit loi, qui dit loi dit obligation, qui dit obligation dit fascisme. *Pourquoi la Meurthe-et-Moselle*, c'est le refus du fascisme.

F.T. – Oui, alors ce livre est une sorte de confession, où vous racontez votre liaison avec Nicolas Fargozy.

Ragot – Non, c'est pas une confession. Non, non, non, non, non, non, non. Pas une confession.

F.T. – Cependant…

Ragot – C'est pas une merde de confession, ce livre. Non ! C'est pas une de ces foutues saloperies qu'ils appellent autobiographie.

F.T. – Mais alors, qu'est-ce que c'est ?

Ragot – Qu'est-ce que c'est ? Vous me demandez qu'est-ce que c'est ?

F.T. – Ma foi, oui…

Ragot – Qu'est-ce que c'est… Non mais qu'est-ce que c'est… J'aime mieux me casser, tiens…

F.T. – Non, mais je vous en prie, je ne voulais pas… Christine Ragot, revenez… Bon, elle est partie.

Salers – C'est normal, l'écrivain est inassignable. Il s'est toujours dressé contre…

F.T. – Merci, Philippe Reblochon.

Salers – Salers.

F.T. – C'est cela. Alors eh bien enchaînons, notre troisième invité de ce soir, Marie Boicussecq…

Ragot – Je vais vous dire qu'est-ce que c'est, mon livre… Mon livre, c'est de la littérature.

F.T. – Eh bien heureux de votre retour, Christine Ragot.

Ragot – C'est de la littérature, mon livre, c'est du réel, c'est pas des confidences de merde, c'est la vie.

F.T. – Donc il s'agirait plutôt d'un roman…

Ragot – Un roman ! Un roman ! Mais non, mais pas du tout, c'est de la littérature, c'est le vrai de la vie, mais ça, on refuse de le voir…

F.T. – Pour quelles raisons ?

Ragot – Pour quelles raisons ? Pour quelles raisons ? Pour quelles raisons ? Mais parce que l'écrivain fait peur.

Salers – C'est très juste. L'écrivain…

Ragot – Si le patriarcat me hait, si on m'en veut, c'est parce que je suis femme, et parce que je suis écrivain. Un écrivain, voilà ce que je suis. Mais ils haïssent les femmes, les écrivains…

F.T. – Qui ça ?

Ragot – Mais eux ! Tous ces gens qui disent : « Qui c'est celle-là ? Elle est pas des nôtres, elle fait pas partie du petit clan, qui c'est celle-là ? » Eux, ceux qui enferment, ceux qui emmurent. Eux, c'est Auschwitz, voilà.

F.T. – Alors comme je le disais, dans ce livre, vous parlez de votre aventure avec Nicolas Fargozy, l'ancien président de la République. Vous avez voté pour lui ?

Ragot – Hhhhhhhhh…

F.T. – Vous avez voté pour Nicolas Fargozy ?

Ragot – Oui, oui, oui, j'ai voté pour lui. Et après j'ai pleuré.

F.T. – Ce jour-là, il vous téléphone pour vous pousser à voter pour lui. Je ne résiste pas au plaisir de lire ce passage, très représentatif de votre travail stylistique :

« Allô !

– Allô c'est toi ?

– Oui c'est moi.

– C'est toi Nicolas ?

– Oui, c'est moi. Et toi, c'est toi ?

– Oui.

– Ça va ?

– Oui, ça va, et toi…

– Ça va.

– Nicolas, je vais pas pouvoir…
– Quoi ?
– Voter à droite. Je vais pas pouvoir, Nicolas.
– Mais si, tu vas pouvoir.
– Non.
– Si. »

Voilà, je crois qu'on sent bien ici toute l'incommunicabilité moderne. C'est un message politique, Christine Ragot ?

Ragot – C'est de la littérature. C'est politique, la littérature.

F.T. – Vous expliquez aussi qu'en faisant vos courses à Miniprix, vous achetez deux cents grammes de steak haché, une boîte de haricots verts extra-fins, une scarole et une baguette campagnarde, parce que c'est meilleur que la baguette ordinaire…

Ragot – C'est politique…

F.T. – Alors il y a aussi des passages un peu osés. Comme lorsque Nicolas Fargozy tente une sodomie sur l'héroïne, pendant qu'elle regarde un documentaire sur les camps de concentration. Vous écrivez : « À force, il a fait entrer un plus gros bout de lui en moi. » On sent bien la métaphore, là.

Ragot – Ça aussi, c'est politique. Ils cherchent à faire croire que ce n'est pas politique.

F.T. – Qui ça ?

Ragot – Mais eux ! Eux !

F.T. – Alors, dans ce roman, vous parlez beaucoup aussi des insectes.

Ragot – Quoi, des insectes ? Quoi ?

F.T. – Des incestes ! Des incestes ! Désolé, c'est ma fiche qui est mal écrite. Des insectes, navré, des incestes que votre beau-père vous faisait subir, quand il posait du chou farci sur son secte, je veux dire sur son sexe pour, euh… Enfin c'était une sorte de…

Ragot – Des insectes ! Non mais des insectes ! Toujours la police de la pensée, toujours le même discours qui veut effacer le message politique… Tiens, j'aime mieux me tirer…

F.T. – Non mais je suis désolé, Christine Ragot, voyons… Excusez-moi à vous…

Salers – Mais comment donc, l'écrivain n'appartient pas au lieu, il…

F.T. – Je me tourne donc vers Marie Boicussecq, Marie Boicussecq bonsoir à vous…

Boicussecq – C'est ça, oui, bonjour, comme si on s'était pas vus dans les coulisses…

F.T. – Alors je tiens d'autant plus à remercier Marie Boicussecq d'être parmi nous ce soir qu'elle souffre depuis quelques mois d'une maladie invalidante, qui s'apparente au syndrome de la Tourette, et qui la pousse, au cours d'un échange, à s'exprimer avec une brutalité qui ne reflète pas sa pensée. Les réponses de Marie Boicussecq seront donc traduites par son interprète, mademoiselle Dubon, qui est habilitée à nous dire ce que Marie Boicussecq pense vraiment. C'est bien cela, mademoiselle Dubon ?

Dubon – Tout à fait Francois. Marie lutte depuis des mois contre ce handicap, et nous avons bon espoir. Nous avons beaucoup travaillé ensemble, et je peux dire que j'ai toute sa confiance pour exprimer sa pensée, que je connais à fond.

F.T. – Merci à vous mademoiselle Dubon. Marie Boicussecq, vous êtes aujourd'hui un véritable phénomène littéraire, votre premier roman, *Si goret su, goret pas venu*, qui prend pour cadre un élevage de porcs, est un succès planétaire. Il a été couronné par trois prix littéraires, traduit en quinze langues. Aujourd'hui, vingt ans plus tard, votre succès ne se dément pas. Marie Boicussecq, comment devient-on une grande écrivaine ?

Boicussecq – Est-ce que je sais ? Franchement, c'est la question à cent balles. C'est un don, voilà, ça ne s'explique pas.

Dubon – Marie Boicussecq veut dire : « Ce n'est pas à moi de le dire. J'ai eu la chance de rencontrer des gens qui ont cru en moi, en ce que je faisais, et je leur en serai toujours reconnaissante. Ils ont défendu mes textes et m'ont aidée à les faire connaître. C'est en grande partie grâce à eux que j'ai pu trouver mon public. »

F.T. – Mais en effet, comme vous dites, vous avez un don…

Boicussecq – Oui, tout le monde ne l'a pas. Moi, je suis née avec.

Dubon – Marie Boicussecq veut dire : « Il faut surtout beaucoup de travail. »

F.T. – Vous êtes d'une grande modestie.

Boicussecq – Oui.

Dubon – Marie Boicussecq veut dire : « Pour moi, c'est le public qui est juge en dernier ressort. »

F.T. – Public qui vous plébiscite. On se bouscule dans les salons du livre pour une dédicace à vous. Pardon, de vous.

Boicussecq – Ce sont des moutons. Il faut leur donner ce qu'ils veulent, un truc écrit simple, avec des sujets d'actualité.

Dubon – Marie Boicussecq veut dire : « J'écris pour faire profiter les autres de ce que je peux avoir à leur donner. J'estime que l'écriture n'a de sens que si l'on donne. Et les gens vous le rendent. Les gens sont merveilleux. Si l'on prend le temps d'échanger avec eux, ils ont beaucoup à vous apprendre. »

F.T. – Mais comment vit-on un tel succès ? C'est parfois lourd à porter ?

Boicussecq – Plus moyen de prendre un pot tranquille en terrasse, il faut faire des selfies sans arrêt avec des blaireaux qui montreront ça à leur beau-frère, ou faire des dédicaces au kilomètre à des losers qui se croient obligés de vous raconter leur vie, et qui finissent par vous refiler leur manuscrit ! Mais il faut leur sourire et faire semblant de s'intéresser, c'est le métier qui veut ça.

Dubon – Marie Boicussecq veut dire : « J'essaie de garder la tête froide. Mes parents étaient des gens simples qui m'ont appris à garder le sens du concret, des choses vraiment importantes. »

F.T. – Malgré tout, un ou deux critiques grincheux s'en sont pris à vos livres.

Boicussecq – Grincheux ? Des sales connards, oui. Des ratés, des minables. Des petits fachos qui détestent l'art contemporain, des gros bourges machos qui haïssent les femmes.

Dubon – Marie Boicussecq veut dire : « Fatalement, le succès provoque l'aigreur et l'envie de certains. Ils méprisent le public. Mais ça ne me dérange pas. Je ne lis pas les critiques. »

F.T. – Vous êtes une amoureuse des mots, Marie Boicussecq…

Boicussecq – Je réponds quoi, là ? « Non, les mots, j'en ai rien à foutre ? » Bon, OK, je les adore. Ça va, là ? J'ai bien répondu ? Je passe ma vie dans les dictionnaires, c'est ça. Pas du tout sur ma PlayStation, hein, ça, ça serait pas bon pour mon image. Et j'écris avec une plume d'oie, tiens, tant qu'on y est.

Dubon – Marie Boicussecq veut dire : « Oui, toute petite déjà, je me plongeais dans les dictionnaires, ils me faisaient autant rêver que les plus beaux romans. Écrire, au fond, c'est apprivoiser les mots, les faire danser. »

F.T. – Vous n'êtes cependant pas réfugiée dans votre tour d'ivoire. Vos livres prennent à bras le corps les problèmes d'aujourd'hui. Le monde ne vous laisse pas indifférent. Dans votre dernier roman, *Métissages*, votre personnage principal est un migrant nigérien qui a une relation amoureuse avec une vidéaste française.

Boicussecq – Si tu veux un article dans *Télérama* ou les *Inrocks*, c'est indispensable, il faut parler migrants, sans papiers, tout ça. Pour *L'Obs* aussi. Avec du féminisme soft, tu peux avoir un compte rendu dans *Elle.* Je signe des tribunes contre le racisme, aussi. Je suis une pro, je pense ce qu'il faut penser et je dis ce qu'il faut dire. Et tout ça aide à s'insérer dans le milieu des écrivains. On est plus à l'aise dans les tables rondes pour être d'accord avec tout le monde. En même temps, comme ils ont à peu près tous les mêmes opinions, c'est dur de se distinguer. Je réfléchis à une petite provoc de droite. Mais c'est délicat. Faut doser. Sinon tu te fais lyncher sur les réseaux sociaux.

Dubon – Marie Boicussecq veut dire : « Comment pourrait-il en être autrement ? Comment ignorer ce qui se passe autour de soi ? Le sort que l'Europe réserve aux migrants, le racisme, l'injustice faite aux femmes, le réchauffement climatique, aucun écrivain ne peut ignorer cela. »

F.T. – Vos prises de position dérangent. En interrogeant votre époque comme vous le faites, voilà, vous heurtez un certain conformisme bourgeois.

Boicussecq – Bien obligée. Pour être bankable, faut être rebelle.

Dubon – Marie Boicussecq veut dire : « L'écriture est une révolte, c'est un cri qui vient de l'intérieur, sinon elle n'a pas de raison d'être. »

F.T. – C'est facile aujourd'hui, Marie Boicussecq, d'être une femme écrivain ?

Boicussecq – Ça, je dois dire que dans le milieu de l'édition, les mains baladeuses, ça pullule. À commencer par mon éditeur, mais bon, je laisse faire, j'ai besoin de lui. Sans parler de tous ces auteurs bourrés dans les salons du livre, qui finissent toujours par te draguer dans les coins sombres avec une élégance strauss-kahnienne. Mais il y a des compensations. Pour les traductions aux USA, c'est indispensable d'être femme, noire ou homo, plein d'éditeurs refusent les hommes blancs hétérosexuels. Si tu es une femme, tu es un peu victime et rebelle, tu as souffert de l'oppression mais tu te bats, donc ton discours est tout prêt, ton image est positive. Je suis blanche hétéro, malheureusement, mais je prends des cours de danse africaine et j'essaie de devenir lesbienne, ça fait plus écrivaine.

Dubon – Marie Boicussecq veut dire : « Aujourd'hui encore, une femme qui écrit, ça fait peur. Et c'est beaucoup plus difficile pour une femme de trouver sa place dans un monde littéraire encore largement machiste. »

F.T. – Marie Boicussecq, quel est votre plus grand défaut ?

Boicussecq – Hmmm... Attendez... L'envie, ça c'est sûr. La lâcheté, aussi. Ah, et l'ivrognerie.

Dubon – Marie Boicussecq veut dire : « Le perfectionnisme. L'excès d'exigence. »

F.T. – À quand un prochain roman ?

Boicussecq – L'éditeur qui veut me publier est un protégé de Salers.

Salers – Un garçon remarquable. Absolument réfractaire. Merveilleusement inassignable.

Boicussecq – Du coup, il veut qu'on le sorte pour la prochaine rentrée, on a une chance pour le prix Décembre. En tout cas, il m'a garanti un premier tirage à dix mille.

Dubon – Marie Boicussecq veut dire : « Je ne sais pas. Quand celui que je suis en train d'écrire sera prêt. Je prends le temps. Cela doit mûrir. »

F.T. – Merci à vous, Marie Boicussecq. Michel Klouelbecq, bonsoir à vous.

Klouelbecq – ’soir…

F.T. – Je suis navré, mais vous savez que depuis assez longtemps maintenant on ne peut plus fumer sur les plateaux de télévision.

Klouelbecq – Ah ouais ?

F.T. – Mais oui, mon cher Michel, je vais donc vous demander…

Klouelbecq – C’pas un clopo.

F.T. – Pardon à vous ?

Klouelbecq – Pas un clope. De la réglisse. C’est excellent pour la santé, la réglisse. Ça fait du bien à l’estomac. Ça guérit les aphtes. Pour l’haleine aussi, c’est bon. Quand on a éclusé trop de whisky, disons qu’un peu de réglisse, c’est pas mal. Je recommande aussi contre la constipation. La constipation est la maladie de la modernité. C’est le nouveau mal de l’Occident. Il n’arrive plus à se soulager des matières accumulées.

F.T. – Bien. Alors votre dernier roman, *Métaphysique du mobile-home*, raconte la lente descente aux enfers d’un trader, Michel Destouches. Le roman s’ouvre sur une longue analyse de l’univers de la finance internationale. Je vous cite : « Dans le premier quart du XXIe siècle, le développement de nouvelles technologies de trading gonfla de manière exponentielle les bulles financières. Le développement du trading hyperfréquence par algorithmes descendit la vitesse des transactions à moins de 113 microsecondes et provoqua des flash krachs où s'engloutirent des centaines de milliards de dollars. L'économie devint une séquence ininterrompue d'opérations robotisées qui s'affranchirent définitivement de la réalité. La catastrophe se dématérialisa.» Au début du roman, Michel Destouches mène grand train, le succès le grise, il dépense des fortunes en fêtes somptueuses. On y rencontre le tout-Paris. Au fil des pages, on croise Jean-Pierre Pernaut, Bernard-Henri Lévy, Brigitte Macron, Jean-Pierre Foucault, Pascal Fioretto, Céline Dion, Alain Finkielkraut, Line Renaud, Cyril Hanouna, Félix Libris…

Klouelbecq – J'aime bien Cyril Hanouna. C'est un esthète contrarié.

F.T. – Michel Destouches se lance dans une spéculation risquée et perd quarante milliards de dollars dans un flash krach. C'est à ce moment qu'intervient une crise de conscience…

Klouelbecq – Oui. Ça se produit pendant qu'il se fait sucer…

F.T. – Durant une fellation…

Klouelbecq – Durant une pipe, c'est ça. Michel est un véritable érudit : il possède la plus grande collection au monde de films pornos, y compris des cassettes vidéo. C'est un connaisseur raffiné, il aime se passer des chefs-d'œuvre de l'art du cul pendant qu'il se fait pomper le nœud. Son matériel préféré est un JVC BR-S811 E, un vrai matériel de pro. Dans cette scène, il regarde *Coupe-toi les ongles et passe-moi le beurre*, de Michel Baudricourt, un authentique incunable du film porno, sorti en 1984, avec Karine Gambier, qui est une actrice très fine, très sensitive.

F.T. – Et là, c'est l'illumination.

Klouelbecq – Sous ses apparences scintillantes, Michel est le mâle hétérosexuel blanc standard, c'est-à-dire le terminus de l'évolution. Le produit d'un monde occidental épuisé. L'argent et les femmes lui servent à masquer son désespoir. Tout à coup, il comprend qu'il doit changer de vie. Il a trente-cinq ans déjà. La vieillesse et la déchéance ne vont pas tarder. Il perd ses cheveux et ses dents, sa peau se relâche, ses érections se raréfient.

F.T. – Au début, il hésite entre se suicider et prendre un chien.

Klouelbecq – Il y a deux remèdes possibles au suicide. Je recommande le golden retriever, qui est un chien très affectueux. Si ça ne marche pas, des stations prolongées au rayon laitage de Carrefour.

F.T. – Comment ça ?

Klouelbecq – Ils ont un choix de yaourts incroyable. Vous avez déjà essayé les Petits Filous ?

F.T. – Ah non, je…

Klouelbecq – Et les Paniers de fruits Yoplait... Il y a autant de nuances de saveurs dans les Paniers de fruits que dans une phrase de Proust.

F.T. – Je comprends.

Klouelbecq – Et là, vous vous rendez compte que vous pourriez passer toute une vie à tester tous les produits laitiers existants. C'est inépuisable. On ne met pas assez en avant le laitage dans la prévention du suicide.

F.T. – Quoi qu'il en soit, Michel Destouches n'opte pas pour le chien. Il décide de tout abandonner et de quitter Paris. Il échoue d'abord dans une sorte de secte New Age dans le Gard...

Klouelbecq – Oui. Ce sont des lieux intéressants. Ça grouille d'anciennes chercheuses au CNRS ou de business women qui cherchent à se ressourcer. Alors elles mangent des graines, elles font de la méditation, elles se baladent à poil dans la forêt. Il y en a de bien conservées, même si à leur âge, évidemment, elles ont les seins aux genoux. Et elles ont très envie de sexe. C'est normal, elles ont passé leur vie à travailler, elles comprennent tout à coup que c'est leur dernière chance de trouver un peu de plaisir avant la mort. Elles sont prêtes à tout pour ça.

F.T. – C'est l'occasion de nouvelles scènes d'amour...

Klouelbecq – Les femmes désespérées font souvent bien les pipes, vous avez remarqué ?

F.T. – Eh bien je…

Klouelbecq – C'est ce qui les rend si touchantes. En plus, elles ont souvent perdu leurs dents, alors de ce point de vue, c'est déjà une garantie de qualité…

F.T. – Mais l'expérience tourne mal. Tous les membres du groupe se suicident. Alors je résume rapidement l'intrigue du roman, par la suite Michel vit avec Samantha, une agricultrice. Au début tout va bien.

Klouelbecq – Ce n'est pas de l'amour, mais ils trouvent un modus vivendi. Elle accepte de cultiver de la marijuana et de mettre des porte-jarretelles après la traite du soir. De son côté, il lui prépare chaque soir les tartines de rillettes et les antidépresseurs qu'elle prend à son petit déjeuner.

F.T. – Mais Samantha se lève tous les jours à quatre heures du matin et elle accepte mal qu'il prenne du whisky à son petit déjeuner, tous les midis. Surendettée, épuisée, elle sombre dans l'alcoolisme. Après elle, Michel rencontre une commerçante qui fait faillite et finit internée dans un hôpital psychiatrique. Enfin, dans les derniers chapitres, on le retrouve dans un mobile-home situé au milieu d'un camping géant de la côte languedocienne.

Klouelbecq – Le mobile-home est une des inventions majeures de l'histoire de l'humanité. Il arrête la vieille dialectique du nomade et du sédentaire en inventant le nomadisme fixé. La civilisation occidentale est un mobile-home.

F.T. – C'est l'hiver. Il pleut. Michel porte toute la journée une parka kaki. Le soir, il fait des feux de pommes de pin sur la plage. Par économie, il se nourrit avec des pâtées pour chien…

Klouelbecq – Il y en a d'excellentes. Je recommande Edgard & Cooper saumon et truite, c'est très fin. J'aime moins en revanche les Whiskas au bœuf, il s'agit visiblement de viande d'équarrissage.

F.T. – Et un soir, une jeune fille apparaît. Là s'ouvre la partie du livre qui a suscité des polémiques.

Klouelbecq – Nacera a quatorze ans et elle est arabe. C'est pour ça. Mais c'est de l'hypocrisie. Les rebeues de cet âge-là sont des chaudasses. D'ailleurs elles portent toutes un string sous leur jogging Nike.

F.T. – Enfin peut-être tout de même que…

Klouelbecq – En plus elles vivent toutes, dans leurs familles, dans leurs quartiers, avec des brigands ou des islamistes, elles se sont fait violer deux ou trois fois dans des tournantes, elles n'ont connu que la violence, alors forcément, quand elles rencontrent un vieux qui est gentil, elles se donnent facilement…

Ragot – Ah non, je ne peux pas entendre ça, ça je ne peux pas l'entendre, je ne peux pas, je préfère claquer la porte…

F.T. – Christine Ragot ? Mais… Vous étiez revenue ? Bon, eh bien l'heure approche de rendre l'antenne. Il me reste à vous remercier, merci à vous, Philippe Salers.

Salers – Merci à vous.

F.T. – Merci à vous Marie Boicussecq.

Boicussecq – Merci à vous.

F.T. – Merci à vous Michel Klouelbecq.

Klouelbecq – 'ci…

F.T. – Tous mes vœux à vous pour le succès de vos romans à vous. Au revoir à vous, excellente fin de semaine à vous et rendez-vous à vous pour un prochain numéro de « La Grande Solderie ».

ALEIN

Le Mal de l'origine du retour

Alein : le Mal de l'origine du retour est le texte d'une fiction radiophonique réalisée par France Culture.

SCÈNE 1
La base spatiale de Plougastel-Daoulas

Le narrateur – 2245. La pollution a ravagé la terre. Les forêts ont disparu. L'agriculture est en crise. Déjà, on ne trouve plus ni salsifis ni choux de Bruxelles. La survie de l'humanité est en jeu. Une planète qui gravite autour de l'étoile Tau Ceti, à douze années-lumière de la Terre, est sans doute habitable. Il s'agit de Tau Ceti F. Un grand projet international a été lancé. Un équipage, composé de l'élite mondiale des savants et des astronautes, est chargé d'aller s'assurer que la vie est possible sur Tau Ceti F, et de jeter les bases d'une future colonisation. Leur voyage doit durer cinquante-quatre ans, qu'ils passeront en sommeil cryogéno-chimique. Un vaisseau spatial d'une toute nouvelle génération, le SS 4400 F classe A Vamolo, a été spécialement construit pour cette mission. L'équipage comprend : le commandant Otto von Schmülck, quarante-deux ans, allemand, chef de l'expédition, commandant de bord ; le lieutenant Kimberley Toste, vingt-neuf ans, américaine, commandant en second ; le professeur Pamphyle Andropos, soixante-trois ans, chypriote grec, scientifique du bord ; le quartier-maître Bill Boulga, trente-deux ans, anglo-moldave, mécanicien du bord ; Samantha Mouchard, vingt-trois ans, belge, pédicure du bord ; Noël Toussaint, vingt-neuf ans, monégasque, stagiaire ; Uranus, trois ans, siamois, le chat. La langue de communication a été tirée au sort, et tout l'équipage s'exprime en belge, après avoir reçu une formation accélérée en belge courant. Le général Rall, chef du projet Vamolo, assiste au lancement sur la base spatiale de Plougastel-Daoulas, en compagnie de son second, le colonel Nell. Dans le noir presque total, la titanesque structure de l'aéronef se distingue à peine du ciel étoilé qui déploie au-dessus de leurs têtes couvertes de casquettes, étoilées elles aussi, son manteau de ténèbres semé de diamants scintillants, ténèbres au cœur desquelles le faible rougeoiement de la pipe du général Rall semble figurer le feu de camp des premières tribus humaines perdues dans une nature hostile au fond de laquelle guettent d'invisibles prédateurs mystérieux auxquels que l'instinct est éveillé par la perspective de la curée vers laquelle les attire l'odeur qui émane du foyer à cause que c'est de l'Amsterdamer et ça sent bon.

Voix off – 10-9-8-7-6-5-4-3-2-1-0… Allumage réacteurs…

Les réacteurs – *FSHSHSHSHSHSHSH…*

Le général Rall – *(Tirant pensivement sur sa bouffarde)* Puff… Puff… Eh bien, mon vieux Nell, les voilà partis pour un long voyage dans les profondeurs infinies de l'espace. Qui sait ce qu'ils y trouveront et s'ils en reviendront.

Le colonel Nell – Comment ?

Le général Rall – Non, je disais : les voilà partis pour un long voyage dans les profondeurs de l'espace. Qui sait ce qu'ils y trouveront et s'ils en reviendront.

Le colonel Nell – J'ai pas entendu, avec tout ce boucan.

Le général Rall – Puff… Puff…

Scène 2
Le vaisseau spatial Vamolo, salle d'hibernation

Voix du robot pilote – Astronef SS 4400 F classe A Vamolo, en mission vers Tau Ceti, quarante et un ans trois mois vingt-deux jours quatre heures douze minutes après le décollage. Objectif à J-douze ans, huit mois, quatre jours. Équipage en sommeil cryo-géno-chimique. Rien à signaler…

(Silence, bruit sourd de machines, soufflerie, cliquetis.)

… ALERTE INCIDENT TECHNIQUE – ALERTE INCIDENT TECHNIQUE – SORTIE SOMMEIL PROGRAMMÉE – ALERTE INCIDENT TECHNIQUE – ALERTE INCIDENT TECHNIQUE – SORTIE SOMMEIL PROGRAMMÉE. *(Sirène intermittente.)*

Le commandant – Allez, debout là-dedans.

Noël – *(Bâillant)* Ouaaaaah…

Le commandant – Par Saturne, on gèle, une fois, tu sais… *(Il tousse.)*

Kimberley – C'est vrai, mon commandant, on gèle.
Samantha – Fait pas chaud, allez.
Noël – Ça va Uranus, mon minou ? On se les gèle, pas vrai ?
Uranus – *(Miaulement déchirant)* Miaouououou !
Le professeur – Uranus est coupé, Noël. Vous nous l'avez vexé. Un peu de tact, enfin, quoi !
Noël – Pardon, je ne l'ai pas fait exprès, professeur.
Le professeur – Aaaaa-aaaaa-tchoum ! Je déteste ces sommeils cryogéniques. Avec mes bronches…
Noël – On est arrivés, professeur ?
Le professeur – Aaaaatchoum ! *(Il se mouche.)*
Noël – À vos souhaits, professeur. On est arrivés, hein ? Hein professeur ? À nous Tau Ceti F ? Qu'est-ce que je suis impatient !
Le professeur – *(Il renifle.)* Oui bah on se calme, mon petit Noël. Ça demande de la prudence. Si ça se trouve, c'est un monde hostile, avec des plantes venimeuses, des reptiles carnivores, des virus mortels.
Noël – Trop cool…
Le commandant – Silence ! Je crois qu'il y a un problème. Pourquoi l'alarme s'est-elle déclenchée ?
Kimberley – Je dirais même plus, mon commandant : il y a un problème. La preuve, c'est que l'alarme s'est déclenchée.
Le commandant – Merci lieutenant Toste, je sais que je peux compter sur votre capacité d'analyse.

Samantha – Où est Bill ?

Kimberley – En effet, mon commandant, Bill n'est pas avec nous dans la salle de sommeil.

Le commandant – Quoi ? Bon sang, mais qu'est-ce qui se passe ? Lieutenant, débranchez l'alarme. Vous, le stagiaire, allez faire du café. Les autres, avec moi dans la salle de pilotage.

Kimberley – Débrancher l'alarme. À vos ordres, mon commandant.

SCÈNE 3
La salle de pilotage

Samantha – Bill !

Bill – Alors poulette, je t'ai manqué pendant quarante ans ?

Le commandant – Monsieur Boulga, que faites-vous ici ? Pourquoi n'étiez-vous pas en cryogénisation ?

Kimberley – Oui, pourquoi ?

Bill – Eh bien, euh… une fois dans la salle de sommeil, je ne me suis pas endormi tout de suite, j'avais un peu forcé sur le muscadet. Vous savez ce que c'est.

Le professeur – Je confirme. L'alcool et les sulfites agissent sur l'hypothalamus en libérant les émissions d'endorphine, lesquelles…

Le commandant – Merci professeur.

Bill – Je me suis aperçu que j'avais oublié mes chaussettes de laine.

Le commandant – Elles sont réglementaires.

Bill – Justement, mon commandant. Je suis ressorti les chercher. Mais quand j'ai voulu revenir, la porte était bloquée.

Samantha – Mais alors… Tu es là depuis quarante et un an ?

Bill – Quarante et un ans sans toi, je ne sais pas comment j'ai pu tenir, ma poule.

Le commandant – Ça suffit, Boulga. Comment avez-vous tenu ?

Bill – Oh, j'avais emporté pas mal de grilles de sudoku, au cas où.

Samantha – Du coup, ça te fait soixante-treize ans !

Bill – Pas mal conservé, le mec, non ?

Le commandant – Et pourquoi n'avez-vous pas agi sur l'avarie ?

Bill – Une grosse sieste. Le muscadet…

Le professeur – Je confirme… Les effets somnifères des substances…

Le commandant – Oui, bon. Tout le monde à son poste.

Kimberley – Tout le monde à son poste.

Le commandant – Au fait, monsieur Boulga…

Bill – Commandant ?

Le commandant – Je suppose que les réserves de muscadet sont à sec ?

Kimberley – Répondez, Boulga. Elles sont à sec ?

Bill – Eh bien…

Le commandant – J'attends.

Kimberley – Le commandant vous a posé une question, monsieur Boulga.

Bill – Il faut comprendre. Le sudoku, pour tromper la solitude, au bout de quarante ans, c'est un peu juste. J'avais bien un vieux numéro de *Giga Lolos*, une excellente revue culturelle, mais bon, c'est pareil, au bout de quarante ans y a redite…

Le commandant – Je ne veux pas le savoir ! Alors ?

Bill – Il reste deux caisses de douze…

Le professeur – Doux Jésus !

Kimberley – Seigneur mon Dieu…

Le commandant – *(Grave)* Deux caisses de douze… *(Un lourd silence)* Lieutenant, messieurs, Samantha… Vous réalisez que nous allons devoir nous rationner… Et même dans ce cas, cela ne suffira probablement pas…

Bill – Si c'est nécessaire, je vous demande de m'abandonner dans l'espace… Une bouche en moins… Ça augmentera vos chances…

Le commandant – Prions pour ne pas en arriver là. Lieutenant, que dit le rapport de vol ?

Kimberley – Nous ne sommes pas à destination, mon commandant. Nous sommes encore à environ… Oui, pas loin de trois années-lumière du système Tau Ceti.

Samantha, Noël et le professeur – *(En chœur)* Oooooh…

Le commandant – Bon sang, mais que s'est-il passé…

Kimberley – Il faut interroger le système de vol automatique.

Le commandant – Bien. Samantha, Bill est-il opérationnel ?

Samantha – Plaît-il, commandant ?

Le commandant – Pardon : Bill est-il opérationnel, une fois, s'il te plaît ?

Samantha – Ah oui, je comprends.

Le commandant – Il faut que je révise mon belge.

Samantha – Vous vous en tirez très bien. Mais, pour Bill, je ne peux pas vous dire, je ne suis que la pédicure du bord, mon commandant.

Bill – Poil aux dents.

Le commandant – *(À Bill)* Je vous en prie, Boulga. *(À Samantha)* En l'absence du docteur Heilsturm, vous êtes l'officier de santé à bord de cet astronef. Donc vous me l'examinez. Exécution. Une fois.

Samantha – Pas de souci, mon commandant.

Noël – *(À part, au professeur)* Professeur, qu'est-ce qui lui est arrivé, au docteur Heilsturm ?

Le professeur – Accident de grille-pain, mon petit Noël. Juste la veille du décollage.

Noël – C'est horrible.

Le professeur – Oui, ce n'était pas beau à voir. Qu'est-ce que vous voulez, ce vieux fou avait customisé son grille-pain, qui n'était plus homologué. Je lui avais bien dit d'arrêter de faire le kakou, à son âge.

Le commandant – Alors Samantha ? Opérationnel, ou pas ?

Bill – *(À Samantha)* Pour toi, je suis toujours opérationnel, poupée.

Samantha – *(Examinant Bill)* Eh bien, il aurait besoin de se couper les ongles, et il a du cal sur les gros orteils, mais sinon tout va bien. Pas de souci.

Bill – En pleine forme. Mais vous, professeur, vous avez l'air à plat.

Le professeur – La cryogénisation, ça ne m'a jamais réussi.

Bill – Pourtant, dès qu'on vous voit, on crie au génie.

Le commandant – Ça suffit, Bill. Au travail.

Bill – Tout de suite, mon commandant.

Kimberley – Et vous, le stagiaire, qu'est-ce que vous foutez là ? Et les cafés ?

Noël – Oh pardon mon lieutenant, j'y cours.

Kimberley – Et plus vite que ça. Il y en a qui se sont retrouvés à fond de cale pour moins que ça.

Bill – Mieux vaut éviter d'en arriver là, mon lieutenant.

Kimberley – Et pourquoi donc, je vous prie, monsieur Boulga ?

Bill – Vous êtes jeune, mon lieutenant. À force de bourlinguer, le vieux Bill en a connu, des gars qui avaient passé des semaines de cale au pain sec et à l'eau. Ils en sortaient fous. Méchants, vicelards.

Kimberley – *(Incrédule)* Ah oui ?

Bill – Hé oui, la cale vicie.

Kimberley – Oh, Seigneur…

Le commandant – C'est fini de zwanzer, Boulga ? Vous croyez qu'on n'a que ça à faire ? Un vrai babeleir, ma parole. Je ne sais pas supporter ça, à la fin.

Samantha – Vous devenez excellent en belge, mon commandant. On ne peut pas dire que vous n'avez pas les frites dans le même sachet.

Le commandant – Merci Samantha. Je suis bien obligé, personne ne fait d'effort sur ce vaisseau. Bon, voyons ce que dit le tableau de bord. Mais… Qu'est-ce que c'est que ce brol…

Bill – Quoi donc, mon commandant ?

Le commandant – Ces deux boules en peluche rose qui pendouillent au-dessus du tableau de bord… Et ce sapin miniature qui répand une odeur de, euh…

Bill – « Envoûtement des épices orientales », mon commandant.

Kimberley – Ah tiens, j'aurais plutôt dit « Splendeur du guano péruvien ».

Bill – J'ai personnalisé un peu le poste de commandement. Vous voyez, il y a aussi un tapis de sol façon léopard. Ça donne une ambiance plus chaleureuse…

Le commandant – Je vois, oui… Et le poster de Nicole Croisille, c'est pour faire chaleureux aussi, je suppose…

Bill – J'aime la musique ancienne…

Le commandant – Très ancienne, en effet. Alors, lieutenant ?

Kimberley – Non seulement nous ne sommes pas à destination, mais notre position n'est pas celle qui est prévue sur le plan de route.

Bill – Oui… Le système de contrôle semble indiquer une avarie du système de navigation. Nous avons dérivé de trois semaines-lumière, plus un week-end… C'est ce qui fait que le réveil a été déclenché… Mais le détecteur de panne ne répond pas…

Le commandant – Bien. Monsieur Boulga, allez voir en salle des machines si vous pouvez repérer l'origine de la panne.

Noël – Commandant !

Le commandant – Aaaah ! Noël ! Vous m'avez fait peur. Bon, alors, ce café ?

Noël – À cause de la panne, il y a eu surchauffe, les réservoirs d'eau sont vides.

Le commandant – Eh bien allez aux réserves de secours et prenez l'eau en poudre.

Noël – À vos ordres.

Kimberley – Commandant !

Le commandant – Aaaah ! Lieutenant ! Vous m'avez fait peur !

Kimberley – Nous percevons un signal radar. On dirait un message.

Le commandant – Voyons ça…

Kimberley – Il provient de cette planète, qui gravite autour de cette géante rouge, à cinq cents milliards de kilomètres.

Noël – Et voilà les petits cafés…

Le commandant – Merci, mon petit Noël.

Le professeur – Commandant !

Le commandant – Aaaah ! Professeur ! Vous m'avez fait peur.

Le professeur – Je suis formel, un tel signal ne peut être émis que par une forme d'intelligence.

Le commandant – Et alors ?

Kimberley – Oui, et alors ?

Le professeur – Notre règlement nous oblige à décrypter tout type de message provenant d'une forme de vie extraterrestre.

Le commandant – Bien. Nous allons faire notre possible, allez.

Le professeur – Noël, que disent les tables cosmologiques ?

Noël – Il s'agit de la planète XF-37652444391-WXX-722-A-816, professeur.

Le commandant – Merci, Noël. Allez donc nous refaire un petit café.

Bill – Commandant !

Le commandant – Aaaah ! Bill ! Vous m'avez fait peur. Si on pouvait arrêter de beugler comme ça…

Bill – Rien de grave, commandant, c'est le delco.

Le commandant – Combien de temps pour réparer ?

Bill – Eh bien, il faut aussi que je décalamine le gicleur alternatif sur la quatrième turbine du séquenceur à neutrinos, et que je change les essuie-glace, alors disons deux-trois jours.

Le commandant – Pouvons-nous nous poser sur XF-3756…

Le professeur – 37652444391.

Le commandant – XZZ…

Le professeur – WXX.

Le commandant – Bon, bref.

Bill – Affirmatif. Je pense que les rétropulseurs zénithaux tiendront. J'ai boosté le biglotron.

Le commandant – Bien. Direction XF-12824…

Le professeur – XF-37652…

Kimberley – On l'appelle aussi Alein, mon commandant. Elle a été découverte par Fernand Alein, un astronome auvergnat. Né le 23 février 1987 à Ambert, Fernand Alein, dès son plus jeune âge…

Le commandant – Lieutenant Kimberley Toste, on ne vous demande pas d'en faire des tartines.

Bill – Excellent, mon commandant. Total respect.

Le commandant – Oui, bon. Alors, euh… direction Alein !

Scène 4
La planète Alein

Le narrateur – Après une croisière de deux mois à travers des espaces intersidéraux où la main de l'homme n'avait jamais mis le pied, le Vamolo gravite à présent en orbite autour de la mystérieuse planète Alein, énorme disque luminescent se détachant sur la toile noire du ciel que des milliers d'étoiles n'arrêtent pas de consteller. Désignés pour la mission d'exploration, le professeur Pamphyle Andropos, le lieutenant Kimberley Toste et Samantha Mouchard se sont posés à bord du module d'exploration sur la surface désolée de l'astre inexploré. C'est un désert hostile et glacé qu'ils doivent affronter : pas d'arbre, pas de plante, pas d'animaux, pas de bar-tabac. Leur lente progression est suivie par le commandant au poste de pilotage du Vamolo. Dans la salle des machines, Bill Boulga, haletant, est également en liaison radio.

Voix du commandant – Eh bien, professeur ?

Le professeur – Atmosphère respirable. 74 % de diazote, 23 % de dioxygène, 2 % d'essence de bergamote, 1 % de fumet de poisson. Brouillard épais. Température très basse, vingt-quatre degrés sous zéro.

Bill – Alein fraîche.

Le professeur – Bon, ça suffit, Boulga, vous avez du travail. Le signal s'intensifie, mais il reste indéchiffrable. Impossible de comprendre ce langage. Nous approchons sans doute de la source, mais il est difficile d'estimer le temps avant le contact, ça pourrait être long.

Le commandant – *(À part)* Bon, à l'allure où ils vont, ils en ont pour un moment. Ça tombe bien, j'ai du repassage en retard depuis quarante ans.

Kimberley – C'est un monde étrange que nous découvrons, de la roche nue, des formes minérales bizarres…

Samantha – Tiens, qu'est-ce que c'est, ça ?

Kimberley – Ah oui, c'est curieux… C'est une sorte de… de réceptacle vide…

Samantha – On dirait… On dirait une mue de crustacé… Professeur, d'après vous ?

Le professeur – Hummm… Oui… Je ne crois pas me tromper…

Kimberley – Alors ?

Le professeur – C'est un carton à hamburger.

Samantha – Un carton à hamburger ? Sur une planète inexplorée ?

Le professeur – Mon petit, au sommet de l'Everest, on trouve des canettes de Coca, des pantoufles, des capotes anglaises, des scaphandres, des vélos d'appartement, alors vous savez, un carton à hamburger sur la planète Alein, ça ne mérite même pas d'être relevé…

Kimberley – C'est logique.

Le professeur – Fausse alerte, commandant. Nous reprenons notre progression.

Le commandant – *(À part)* Allez hop, quinze tricots de corps en une demi-heure. Qui dit mieux ?

Le professeur – Ah, le signal augmente nettement d'intensité, commandant.

Le commandant – *(À part)* Les tricots de corps, c'est du gâteau, mais les combinaisons spatiales, pour bien faire les plis, faut être le Paganini du fer à repasser, croyez-moi, les petits gars.

Le professeur – Il y a quelque chose devant nous. Nous nous approchons. On dirait un artefact.

Le commandant – Ah oui… super…

Le professeur – C'est étrange, je… Mais qu'est-ce que c'est… Un œuf ! Commandant, c'est un œuf. Non, lieutenant, ne vous approchez pas…

Samantha – Oh, là, un autre !

Kimberley – Là aussi !

Voix de Bill – C'est pas Alein, c'est l'île de Pâques…

Kimberley – Boulga, silence, vous avez un gicleur à décalaminer.

Le professeur – Lieutenant, vous n'auriez pas dû toucher cet œuf. Respectons les protocoles de sécurité. Voici le container hermétique à échantillons. Commandant, nous recueillons ces œufs, il y en a une douzaine, et nous poursuivons notre route.

Le commandant – *(À part)* Et maintenant, les caleçons.

Le professeur – Le signal est au maximum. Je crois qu'il provient de derrière cet artefact. Je m'approche, et… Ooooh ! Je… C'est incroyable, mon commandant…

Le commandant – *(Qui n'écoute pas)* Ah bon ?

Le professeur – Nous avons découvert… Vous ne le croiriez jamais… Une créature humanoïde… Elle semble inerte… Quels sont les ordres, mon commandant ?

Le commandant – C'est ça… Très bien…

Le professeur – Devons-nous la charger sur le vaisseau ?

Bill – Alein chargée.

Le professeur – Ça n'est pas drôle, Boulga. Commandant, quels sont vos ordres ?

Le commandant – Oui, absolument.

Le professeur – Euh… bon, alors nous la ramenons.

Le commandant – On fait comme ça.

Le professeur – Nous rentrons.

Bill – Hors d'Alein.

Le professeur – Franchement, Boulga, c'est pathétique.

Scène 5
La salle de pilotage

Le commandant – Heureux de vous revoir à bord du Vamolo, professeur. Qu'est-ce que vous nous ramenez là ?

Kimberley – C'est un être humain, n'est-ce pas, professeur ?

Le professeur – En fait, non.

Le commandant – Alors qu'est-ce ?

Le professeur – Mais non, absolument pas.

Le commandant – Plaît-il ?

Le professeur – Ni caisse, ni sac. C'est un droïde.

Kimberley – Pardon ?

Le professeur – Un cyborg, lieutenant.

Kimberley – Un… ?

Le professeur – Bon, un robot, quoi, un automate. Vous voyez bien qu'il est rempli de fils.

Bill – Automate farci.

Le professeur – Ah, je vous en prie, Boulga.

Kimberley – Heureusement que vous avez réussi à couper le signal, c'était pénible.

Le commandant – Bon, monsieur Boulga, quand vous aurez fini de chipoter ce truc…

Bill – Je pense qu'on peut en tirer quelque chose, mon commandant… Ah, je crois qu'on tient le cybercodeur vocal. Làààà, vas-y, chante mon petit gars.

Le droïde – Abuja klonk paraboum kolibali daddda.

Kimberley – Professeur ?

Professeur – Ce n'est pas une langue terrestre.

Bill – Et ça ?

Le droïde – En concertation étroite avec les délégations mandatées par la commission paritaire, et conformément aux décrets-lois promulgués par la circulaire B 540…

Le professeur – Non plus.

Bill – Bon, essayons comme ça…

Le droïde – Bonjoujoujour je être constitutionnellement dans de le ce que vous savoir sans partager de données camembert Marguerite Duras… Kylian Mbappé… Captain Usopp…

Samantha – *(Se bouchant les oreilles)* C'est insupportable !

Kimberley – C'est curieux, il s'exprime comme ma grand-mère depuis son Alzheimer.

Bill – Ah, voilà…

Le droïde – Bonjour. Je suis le droïde Zaglo double zéro 12. Ma mission est de veiller sur les œufs qui sont les derniers représentants de la race qui m'a construit, anéantie par une épidémie. Ils doivent éclore dans deux années.

Le professeur – Bien, j'emporte les œufs dans mon laboratoire pour les examiner. Où est Noël ?

Kimberley – Il m'a dit qu'il voulait travailler à sa thèse que vous dirigez.

Le professeur – Oui, *Paradigmes des propriétés annulaires des courbes modulaires elliptiques dans la cohomologie des corps cyclotomiques à fonction abélienne*. Je suis très content de lui. Ça fait dix ans qu'il est dessus, il a déjà écrit trois pages. À tout à l'heure.

Samantha – Commandant !

Le commandant – Aaaah ! Samantha ! Vous m'avez fait peur.

Samantha – Regardez le lieutenant…

Kimberley – Aaaaaaargh…

Le commandant – Qu'est-ce qui vous prend, lieutenant ? Kimberley ? Kimberley Toste ? N'en faites pas des tar… n'en faites pas des caisses ! Arrêtez ça tout de suite ! Pourquoi se roule-t-elle par terre en bavant ?

Bill – Une contrariété ?

Le commandant – Allons bon, la voilà qui griffe le sol avec ses petits doigts boudinés…

Samantha – Et moi qui venais de lui faire les ongles…

Bill – Aleieiein !

Le commandant – Qu'est-ce qui vous prend de brailler comme ça, Boulga ?

Bill – Eh bien, j'ai crié…

Le commandant – J'ai entendu, oui…

Bill – J'ai crié Alein !

Le commandant – Mais pourquoi, bon sang ?

Bill – *(Sur l'air d'« Aline », de Christophe)* J'ai crié Alein, pour qu'elle revienne.

Le commandant – Vois pas le rapport. En tout cas, elle ne revient pas à elle. Elle se tord.

Samantha – Je dirais plutôt qu'elle convulsionne…

Le commandant – Oui, on peut le voir comme ça…

Bill – Bon sang…

Samantha – J'y pense ! Sur Alein, elle s'est approchée très près des œufs…

Bill – Bon Dieu…

Le commandant – Endormez-la et emmenez-la au bloc opératoire ! Il faut savoir ce qu'elle a dans le ventre.

Samantha – Pas de souci.

Bill – Bonté divine…

Samantha – Je ne peux pas faire ça seule… Je ne suis que la…

Le commandant – Pédicure, oui, on le saura. Noël va vous seconder.

Bill – Doux Jésus…

SCÈNE 6
Le bloc opératoire

Le commandant – Noël, aidez-moi à la hisser sur la table.

Noël – Bien, commandant.

Le commandant – Mais poussez, bon Dieu, qu'est-ce que vous avez dans les bras ?

Noël – Pourtant je fais un peu de muscu. Mais elle a un de ces…

Le commandant – Oui, bon, ça va. Alors Samantha ?

Samantha – La malheureuse…

Le commandant – Quoi ?

Samantha – Regardez, là…

Le commandant – Ah mon Dieu… Mais qu'est-ce que c'est ?

Samantha – Ongle incarné au gros orteil gauche. Et là, un durillon.

Le commandant – Ouvrez.

Samantha – Comment ça ?

Le commandant – Ouvrez-la, elle !

Samantha – Ah oui. Pas de souci. Noël, mettez la perfusion. J'ouvre. Voioilà… Oui. C'est bien ce que je pensais.

Le commandant – Quoi ?

Samantha – Vous voyez ? Rillettes de canard au foie gras, homard mayonnaise, gras double sauce gribiche, salade d'endives aux noix, camembert. À mon avis…

Le commandant – Eh bien ?

Samantha – C'est du lait cru, moulé à la louche.

Le commandant – Et là ?

Samantha – Profiteroles. Le chou est croustillant, la sauce bien épaisse, elles sont parfaites. Le lieutenant nous fait une bonne indigestion.

Le commandant – Alors comme ça, le lieutenant se faisait des petits plats en douce.

Noël – Quand je pense qu'à midi, on s'est tapé la ration de quinoa avec des biscottes…

Le commandant – Bon, en tout cas, rien de grave, remettez-lui les profiteroles, qu'elle en profite, et recousez.

Samantha – Inutile.

Le commandant – De remettre les profiteroles ?

Samantha – Non. De recoudre. Elle est morte.

Le commandant – D'indigestion ? Impossible !

Samantha – Oui, c'est peu probable…
Le commandant – Hé, Samantha…
Samantha – Commandant ?
Le commandant – Les profiteroles… qu'elle en profite…
Samantha – Oui ?
Le commandant – Profiteroles… profite…
Samantha – En effet… Désopilant, commandant.
Noël – Je m'esclaffe, commandant.
Le commandant – Merci.
Samantha – Pas de souci.
Le commandant – Ça m'est venu sur le coup…
Samantha – Je n'avais pas percuté.
Noël – Moi non plus. Mais elle est très bonne.
Le commandant – Vous comprenez, jeunes gens, dans une telle situation, un chef se doit de dispenser un peu d'humour, pour détendre l'atmosphère.
Samantha – Pas de souci, mon commandant. Mais… La perfusion… Noël, qu'est-ce que vous lui avez mis en perfusion ?
Noël – Ah oui, tiens, ce n'est pas le bocal de sang…
Samantha – C'est la sauce chili extra-forte…
Noël – C'est idiot, j'ai confondu les deux…
Le commandant – C'est malin !
Noël – Je ne l'ai pas fait exprès. Je ne le ferai plus.
Samantha – Ça m'a crevée, cette opération.

Noël – Pour me faire pardonner, je vais vous préparer un petit en-cas. Le professeur garde des bonnes choses dans son labo.

Le commandant – Profitez-en pour nous faire un petit café.

SCÈNE 7
La salle de vie du Vamolo

Noël – Et voilà, trois bons œufs sur le plat.

Samantha – Ils sont parfaits, merci Noël.

Noël – Et le café, mon commandant.

Le professeur – Ah, une bonne sieste, rien à dire, ça remet d'aplomb. Bon appétit !

Samantha – Merchi.

Le commandant – Dites-moi, Samantha, vous qui gérez l'approvisionnement, on m'avait dit qu'il y avait en soute des sushis surgelés. J'adore ça. Vous iriez m'en chercher un peu ?

Samantha – Pas de sushis, mon commandant.

Le commandant – C'est très gentil à vous, mais si vous pouviez éviter de parler la bouche pleine.

Samantha – Non, je veux dire, il n'y avait plus de sushis lorsqu'on a embarqué les provisions, commandant.

Le commandant – Ah, zut.

Samantha – Sinon, on a des bulots synthétiques.

Le commandant – C'est fait comment, ça ?

Samantha – Des restes de surimi et de calmar, et un peu de coquilles d'huîtres concassées pour la texture.

Le commandant – Oui. Je vais prendre un œuf, finalement. Ce sont des poules élevées en plein air ?

Samantha – Élevées dans l'espace, c'est encore meilleur. C'est comme le veau sous la mer.

Le commandant – Ah bon ?

Samantha – Oui, on les élève en caissons pressurisés, à cinquante mètres de profondeur, ça leur donne un petit goût de noisette.

Le commandant – Ah, tiens, ça me fait penser à ma femme. Elle faisait des moules-frites, je ne vous dis que ça. Quand je pense que les liaisons sont coupées avec la Terre. J'aimerais tant entendre sa voix…

Le professeur – Je comprends votre nostalgie, commandant. Avec toutes les bonnes années que vous avez dû passer ensemble.

Le commandant – Pas vraiment, non.

Le professeur – Ah… ça se passait mal ?

Le commandant – Non, mais pour ce qui est des années ensemble, on n'était mariés que depuis six mois… J'avais largué la vieille, qui avait quarante ans, vous voyez ce que je veux dire… J'ai pris une jeune de vingt et un ans… Un canon, je ne vous dis que ça.

Ah, j'aimerais tant voir sa jolie frimousse, là, tout de suite…

Le professeur – C'est-à-dire…

Le commandant – Quoi ?

Le professeur – Là, tout de suite, elle a soixante-trois ans…

Le commandant – Bon sang, mais c'est vrai, ça… Je me suis fait avoir, en fait…

Le professeur – On ne peut pas penser à tout…

Noël – Et vous, vous voulez des œufs, professeur ?

Le professeur – Ma foi… Vous aviez des œufs frais au frigo ?

Noël – Je les ai trouvés dans le labo, professeur.

Le professeur – Ah oui, dans le labo. Alors à la coque, pour moi, avec des mouillettes beurrées.

Noël – Tout de suite, professeur.

Le professeur – Dans… dans le labo ?

Noël – Ben, euh, oui…

Le professeur – Mais bougre de crétin, ce sont des œufs d'Alein que vous avez préparés ! Vite, au labo !

Noël – Pfff… C'est toujours de ma faute… C'est pas parce que je suis stagiaire qu'il faut tout me mettre sur le dos…

Bill – En plus, ton café n'est pas terrible, mon gars.

Noël – Ah bah ça, c'est l'eau en poudre, hein…

Samantha – Je ne sais pas pourquoi, ça passe mal, ces œufs.

Le professeur – *(Qui revient en hurlant)* Nom de Dieu !

Le commandant – Aaaah ! Professeur ! Vous m'avez fait peur.

Le professeur – Non seulement ce mongolien a cuisiné trois œufs d'Alein, mais il a renversé mes graines de salsifis sur les autres…

Noël – Ce n'est pas moi, c'est le chat, il a sauté sur la table pendant que je prenais les œufs… Et les mouillettes, j'en fais quoi, à présent ?

Le Professeur – Vous voulez que je vous dise, Noël ?

Noël – Euh… pas la peine, professeur…

Le professeur – Je ne sais pas quelle réaction ça a entraîné, mais les neuf œufs ont éclos…

Le commandant – Quels neveux ?

Le professeur – Comment ça, quels neveux ?

Le commandant – Vous avez parlé de neveux…

Le professeur – Non, les neuf œufs, les neuf œufs restants !

Le commandant – Ah oui, au temps pour moi.

Bill – Hé, Samantha, toi qui es pédicure…

Samantha – Oui, Bill…

Bill – Le commandant voit des neveux partout…

Samantha – Euh…

Le commandant – Qu'est-ce que ça signifie, Boulga ?

Bill – Vous êtes un oncle incarné, mon commandant !

Le commandant – Mon Dieu…

Le professeur – Dites-moi, je ne voudrais pas vous déranger, mais en attendant, nous avons perdu tous les œufs d'Alein.

Bill – À perdre Alein…

Le professeur – Je vous en prie, Bill. Qui sait quelles créatures sont sorties de ces œufs ?

Le commandant – Vous les croyez dangereuses ?

Le professeur – J'en suis convaincu.

Bill – Poil au…

Le commandant – Bill ! Ça suffit !

Samantha – Oh ! Le chat !

Le commandant – Aaaah ! Samantha ! Vous m'avez fait peur.

Samantha – Regardez ! Il a le poil tout hérissé !

Le commandant – Écoutez, mon petit, le poil du chat, là, tout de suite, ce n'est pas le problème… Brossez-le si vous y tenez…

Samantha – Non, mais on dirait qu'il a vu quelque chose… Je vais le… Zut, il a filé…

Le commandant – Bon, la chasse est ouverte aux… euh… créatures. Au fait, ça s'appelle comment, ces bestiaux, professeur ?

Le professeur – Aucune idée. On n'a qu'à les appeler des « aleinés ».

Bill – Aleinés le divin enfant…

Le commandant – Vous pourriez être sérieux cinq minutes, Bill ? C'est un vrai sujet. « Aleinés », j'aurais l'impression de chasser des débiles mentaux. Je préférerais des « poulpators ». Je les vois bien comme un mélange de pieuvres et d'araignées géantes.

Bill – C'est original, mon commandant. Ça me plaît.

Le commandant – Merci, Bill.

Noël – Sauf votre respect, mon commandant, « poulpator », ça fait un peu dessin animé japonais.

Le commandant – Oui bon bah, vous qui êtes si malin, vous suggérez quoi ?

Noël – « Poulparaignes », ça sonne pas mal, non ?

Le commandant – C'est ça, comme musaraignes, quoi. On n'a plus qu'à les attraper avec des tapettes et du gruyère. Vous êtes stagiaire, mon garçon, occupez-vous du café, ça sera déjà pas mal, et laissez-nous les affaires importantes.

Le professeur – D'ailleurs nous n'avons aucune idée de leur apparence. Il peut très bien s'agir d'un vermisseau, d'un myriapode, d'une limace hérissée de poils…

Bill – Dans ce cas, professeur, comment allons-nous faire pour les distinguer de Noël ?…

Noël – Ça, c'est pas gentil. C'est toujours sur le stagiaire que ça tombe… C'est pas parce que je souffre d'hypertrichose…

Bill – Tu me feras penser à me coucher par terre et à pleurer. En tout cas, ça ne va pas être facile de mettre la main sur un truc qu'on ne sait pas qu'il ressemble à quoi.

Le commandant – Je ne dis pas le contraire.

Bill – J'ai un beau-frère, un vrai blaireau, avec une tronche à faire peur. Il s'appelle Roger. Et si on les appelait Roger, du coup ?

Samantha – Et pourquoi pas tout simplement « aleins », comme la planète ?

Le commandant – Aleins ?

Le professeur – Mouais… Ils ne sont pourtant pas auvergnats…

Le commandant – Bon, on n'en sait rien, en fait. Si ça se trouve, ils ont de grosses moustaches et un accordéon.

Le professeur – D'un point de vue purement scientifique, c'est peu probable… Tenez, commandant, pour des grosses moustaches, mes tables statistiques d'exobiologie indiquent… oui… 0,001 % de chances. Alors avec l'accordéon, vous pensez…

Le commandant – Statistiques ! Statistiques ! Et le rêve ? Et la poésie ? Va pour aleins ! Bon, maintenant que cette question est réglée, on s'organise. Bill, allez récupérer Uranus. Professeur, vous gardez le poste de pilotage. Samantha, vous inspecterez les coursives inférieures, je me charge de la partie supérieure.

Prenez tous un désintégrateur. Noël, vous nous préparez un petit café. Exécution.

Noël – À vos ordres, mon commandant.

Samantha – Pas de souci, mon commandant.

Bill – Dis donc, ma poulette, tu sais te servir d'un désintégrateur ?

Samantha – Eh bien…

Bill – Ça, c'est un tout nouveau modèle. N'aie pas peur. Tu tends bien le bras vers la cible, l'épaule souple, le poignet bloqué, tu vois, comme ça…

Samantha – Oui mais tu sais, Bill…

Bill – Mais non, ne t'inquiète pas, c'est très facile. Évidemment, moi j'ai l'habitude, mais…

Samantha – Mais je ne peux pas me servir de ça contre les aleins…

Bill – Ah bon, pourquoi ?

Samantha – C'est mon sèche-cheveux que tu as pris.

Bill – Ah…

Samantha – J'y tiens…

Bill – Tu comprends, Samantha, j'aime aller au combat parfaitement coiffé. Affronter la mort impeccable. C'est un peu ça, l'éthique du guerrier…

Samantha – Pas de souci.

Le commandant – Bon, quand vous aurez fini de parler chiffons, on pourra peut-être y aller, oui ?

Bill – À vos ordres.

Le commandant – Hé, Bill…
Bill – Mon commandant ?
Le commandant – Au moindre jeu de mots sur Uranus, c'est huit jours de cachot.
Bill – Compris, mon commandant.

Scène 8
Les coursives du Vamolo

Le narrateur – La chasse est ouverte. Les intrépides astronautes se sont élancés dans les interminables coursives du Vamolo. En plus de quarante ans de navigation, l'orgueilleux astronef a vieilli. Des vibrations et des cliquetis résonnent. Des flaques d'huile stagnent au sol. L'eau suinte le long des murs. Le papier peint se décolle. Que vont-ils trouver ? Quelles créatures visqueuses, quelle hideuse monstruosité hérissée de tentacules a pu naître des œufs récoltés sur la mystérieuse planète Alein ? Et comment nos héros pourront-ils s'en rendre maîtres ? Le vaillant professeur Andropos, tous ses sens en éveil, enfin ceux qui lui restent, car sa vue a baissé et il est un peu dur d'oreille, ne cesse de scruter les bruits étranges que produit le Vamolo dans sa course, et le brouillard rampant qui est bien pratique pour donner une atmosphère…

Le professeur – Tous les sens en éveil, je scrute les bruits étranges que produit le Vamolo dans sa course, et le brouillard rampant qui donne une atmosphère.

Le narrateur – En ce qui le concerne, tout en préparant le café, l'intrépide stagiaire ne relâche pas son attention d'une fraction de seconde, conscient que le danger est désormais partout dans le Vamolo.

Noël – Plus de sucre. Où ont-ils fourré les réserves ? Ah, voilà. Tiens, c'est bizarre, toute cette fumée... Ah flûte, j'ai pris la boîte d'hydrosulfite d'armonium. Sur de l'eau en poudre, ça fume comme une centrale nucléaire... Et pas la peine de demander sur qui ça va retomber... Alors que je ne l'ai même pas fait exprès.

Le narrateur – Pour sa part, le courageux mécano s'enfonce à la poursuite d'Uranus dans des parties peu explorées du vaisseau...

Bill – Chercher un chat dans ce labyrinthe de ferraille, je te jure. En dehors des horaires négociés par le syndicat, en plus. Uranus... Minou minou... Viens, mon minou... Viens voir Bill...

Le narrateur – De son côté, le commandant s'enfonce également dans des parties pas très pratiquées non plus.

Le commandant – Avec tout ça, il me reste au moins trente chemises à repasser, sans parler des jupons en dentelle. Bon sang... Qu'est-ce que c'est que ce grondement ? C'est trop fort pour être le chat… Ça va, Bill, n'essayez pas de me faire peur, ce n'est pas drôle… Aaaah ! Des trucs, des euh… des aleins ! Potferdek, huit à la fois. Pas beaux à voir, la vache. Pire que des Auvergnats, le professeur avait raison. On dirait plutôt les progénitures de scorpions géants et des frères Bogdanov. Approchez mes mignons, vous avez affaire au descendant de l'Obersturmführer Manfred von Schmülck, qui a exterminé trois cent mille ennemis de l'Allemagne à Auschw… enfin, pendant la Deuxième Guerre mondiale.

BAOUM !

Le commandant – Alors, on fait moins les malins maintenant. Pas si balèzes, finalement, les gros méchants monstres. Pas jolis à voir, mais avec quelques balles à l'uranium dans le buffet, ils deviennent gentils comme tout…

Le narrateur – Sur ces entrefaites, la courageuse pédicure s'enfonce, pour sa part, dans des zones modérément fréquentées.

Samantha – C'est vraiment crade, ici. Quelle berdouille, allez ! Un bon coup de wassingue ne serait pas de trop. Quand tout ça sera arrangé, il faut que je mette des napperons en dentelle ici et là. Tiens, c'est quoi ce tas, là-bas ? Mais… Mais oui, on dirait bien Bill… Bill ! Mais qu'est-ce qui vous est arrivé ? Ah, mon Dieu, il y a plein de sang, moi qui déteste ça…

Bill – Ces sales bêtes ont eu le vieux Bill, poupée…

Samantha – Bill…

Bill – Chut… Ne dis rien, va, c'est mieux…

Samantha – J'aurais tant voulu t'enlever la corne des pieds.

Bill – Dans un autre monde, baby. Prends-moi dans tes bras, en attendant.

Samantha – Ce serait avec plaisir, Bill, mais j'ai mis une combinaison propre.

Bill – Un petit bisou alors…

Samantha – J'ai mis de la laque, mais bon, pas de souci… Bill… Reste avec moi… Tes yeux se brouillent…

Bill – Poil aux…

Samantha – Bill ! Nooooon !

Le chat – Miaou…

Samantha – Uranus ? Où es-tu ? Minou, minou ? Oh ! Commandant !

Le commandant – Aaaah ! Samantha ! Vous m'avez fait peur.

Samantha – Pardon, mon commandant.

Le commandant – Tout va bien ?

Samantha – Tout va bien, mon commandant. Rien à signaler. Pas de souci.

Le commandant – Moi, j'ai tué huit de ces saloperies. Oui, mon petit, huit. Carrément. Ça n'a pas été facile. Une lutte à mort. Mais il en reste une. On va rapporter le cadavre d'une de ces ordures et voir ce qu'elle a dans le ventre. Le professeur la disséquera. Ça nous permettra peut-être de comprendre comment nous débarrasser de ces vermines. On va leur niquer la race de leur mère, je vous le dis.

Samantha – Pas de souci, mon commandant. Ah, j'oubliais : Bill est mort.

Le commandant – Tiens, on va prendre le gros sac de merde, là, avec ses tentacules pourris. Sinon, tout est OK ?

Samantha – Tout est OK, commandant.

Le commandant – Bon, tant mieux.

Scène 9
Le bloc opératoire

Le professeur – Une bonne dissection, ça fait longtemps, tiens. On va voir si Pamphyle Andropos n'est pas trop rouillé. Ma dernière dissection, c'était la momie de Vladimir Poutine. Je ne vous dis que ça. Samantha, passez-moi la scie, là, oui, merci.

Samantha – La scie, pas de souci, professeur.

Le professeur – Tiens, Noël, allez donc nous faire un petit café, ça nous remontera. Voilà. En soulevant ce paquet de tentacules verts, vous voyez, j'accède à l'abdomen.

Samantha – C'est quoi, ce trou, professeur ?

Le professeur – Ce trou-ci, ou ce trou-là, avec les pédipalpes un peu gluants ?

Samantha – Oui, celui-là.

Le professeur – Ça ressemble à un organe à fonction reproductrice.

Samantha – C'est-à-dire ?

Le professeur – Ça sert à l'amour, mon petit…

Samantha – *(Écœurée)* L'amour ? Ah ? Euh… pas de souci.

Le professeur – L'amour ne connaît pas de limite, c'est ce qui est beau. Bref, en sciant dans le sens de la largeur… Ah, pardon Samantha, je crois que les pustules ont giclé… Vous voulez un mouchoir ?

Samantha – Pas de souci, professeur.

Le professeur – Bon, voyons un peu le contenu. Ah mais c'est répugnant. Regardez-moi ça, Samantha, c'est à vomir, ces créatures sont des immondices purulentes, des raclures de déjection infectes, des excréments vivants, de la crème de vidange puante…

Samantha – Gardez-m'en un peu quand même pour le chat, professeur. On n'a plus de croquettes.

Le professeur – De l'essence de merde en branche, des vomissures abjectes de l'enfer…

Samantha – Et alors, l'odeur…

Le professeur – Ah ça… Et malheureusement, on ne peut pas ouvrir une fenêtre…

Samantha – Euh… Professeur… À ce propos…

Le professeur – Ah mon Dieu…

L'alein – Graor !

Samantha – Le neulène avième… Le neuvième alein… Nous sommes perdus…

Le professeur – Il s'approche de vous, mon petit… Ne bougez surtout pas…

Samantha – Ah, l'haleine de poney…

Le professeur – Allons, mon petit, soyez stoïque, pas la peine de le vexer, il faut tenter de l'amadouer... Dites-vous qu'il n'a pas eu l'occasion de voir un dentiste depuis longtemps... Euh... Nous amis... Nous venir en paix... Nous respecter grande race des aleins... Euh... Fumer calumet de la paix... Toi aimer bijoux ? Bon tabac ? Chapeaux de paille ? Vous voyez, ça marche, il n'essaie même pas de vous dépecer, de vous arracher les membres, de vous briser les os, de vous étriper, de vous déchirer la chatte en vous violant...

Samantha – Non, professeur, j'ai compris ce qui se passe.

Le professeur – Quoi ?

Samantha – L'œuf... J'ai avalé l'œuf... Il le sent...

Le professeur – Écoutez-moi, Samantha. Je sais que ça peut vous étonner, mais vous avez avalé l'œuf, du coup il vous prend pour une des leurs, vous comprenez ? Ah ah, non mais quel demeuré. Nous ne risquons plus rien. *(S'adressant à l'alein)* Alors, le gros plein de bave, il a compris qui était le patron ? Oh oui, il avait compris qui était le patron, hein, il va être sage maintenant, allez, coucouche...

L'alein – Raaah, grompf, miam...

Samantha – Mon Dieu, professeur, c'est horrible, il vous dévore, vous savez... Dites-moi ce que je dois faire... Professeur ? Au secours !

Scène 10
Le poste de pilotage

Samantha – Commandant !

Le commandant – Aaaah, Samantha, vous m'avez fait peur. Arrêtez de brailler comme ça, bon Dieu !

Samantha – Le professeur a été tué. Le dernier alein s'est enfui.

Le commandant – Bon, bah OK, ça peut se dire doucement, non ? Y a pas mort d'homme.

Samantha – Euh… si, mon commandant.

Le commandant – Ne jouez pas sur les mots, mon petit, hein. Bon, je m'en occupe. Le tas de ferraille robotique connaît bien cette race, il sait comment ils réagissent. Noël !

Noël – Un petit café, mon commandant ?

Le commandant – Je vous en foutrai, des petits cafés ! Vous croyez que c'est le moment ? Vous allez me rallumer la boîte de conserve, elle va nous aider à repérer l'alein dans le vaisseau.

Noël – À vos ordres. Alors… Si je branche le fil rouge ici, en tournant la manivelle qui est là…

Zaglo double zéro 12 – Bzzzzzzz…

Le commandant – Nous avons besoin de ton aide, Zaglo double zéro 12.

Zaglo double zéro 12 – Je suis le droïde Zaglo double zéro 12 ma mission est de veiller sur les œufs de Dembélé et puis laisse les gondoles à Venise ma mission est de niquer ta mère Bambino Bambino.

Le commandant – Qu'est-ce que c'est que ces carabistouilles ? Il marche, là ?

Noël – Attendez mon commandant, juste un petit réglage…

Le commandant – C'est bon ? Il n'a plus les fils qui se touchent ?

Zaglo double zéro 12 – À vos ordres.

Le commandant – Toi, l'automate, tu vas m'aider à retrouver le bestiau qui est sorti de tes œufs.

Zaglo double zéro 12 – Mission enregistrée.

Le commandant – Tu sais te servir d'une arme ?

Zaglo double zéro 12 – Affirmatif.

Samantha – Moi, je vais chercher le chat.

Noël – Euh… moi aussi.

Le commandant – Soyez prudents.

Samantha – Oui, mon commandant.

Le commandant – Non, mais faites très attention : s'il a peur, il peut devenir agressif.

SCÈNE 11
Les coursives du Vamolo

Le narrateur – La chasse infernale a repris. Les survivants de l'équipage errent dans le labyrinthe inextricable du Vamolo, qui résonne d'étranges échos, à la recherche du félin, sans savoir ce que fait l'autre.

Samantha – Uranus... Minou minou... Minou minou...

Noël – Je vais voir de ce côté.

Samantha – Pas de souci... Minou minou...

Noël – Minou minou... Bon sang, j'ai les miquettes, j'espère que le commandant va abattre le monstre. Minou...

Uranus – *(Faible miaulement lointain)* Miaaaaaaou...

Noël – C'est lui... Où est-il ? La coursive de gauche ? Non, on dirait plutôt que ça vient de celle de droite... Mais... Mais oui, je suis déjà passé par là... Pourtant il n'y avait pas ces traînées gluantes... *(Bruit de pas)* Aaah ! Qu'est-ce que c'est ! *(Bang !)* Ah sapristi… Je suis désolé, Samantha, je ne l'ai pas fait exprès, le coup est parti dès que je vous ai vue, je n'ai pas pu me retenir… J'ai cru voir un alein… Excusez-moi de la comparaison, hein… Oh là là, la décharge lui a arraché la moitié de la tête. Samantha ? Ça va ? Vous avez mal ? Flûte, elle a l'air plutôt morte. À tous les coups, on va encore dire que c'est ma faute.

Le narrateur – Ignorant les tragiques événements qui se déroulent dans le dédale d'acier, de tungstène et de linoleum, l'intrépide commandant traque sans relâche la créature survivante.

Le commandant – Par Saturne, où se cache cette saleté ?

Zaglo double zéro 12 – Par ici.

Le commandant – Dis donc, le pantin, ça fait une heure qu'on tourne en rond. Tu me le trouves, le bestiau, ou pas ?

Zaglo double zéro 12 – Je fais ce que je peux Kylian Mbappé Captain Usopp.

Le commandant – Et sois poli, hein. Mais… On est déjà passés trois fois par là… Dis donc, tu n'essaierais pas de m'enfumer, toi ? On va prendre par là. Oh… Qu'est-ce que c'est que ça… De la bave… D'où est-ce que ça vient ?

Zaglo double zéro 12 – Le professeur, peut-être ?

Le commandant – Non, sa bave était plus jaune. Je crois qu'on tient une piste.

Zaglo double zéro 12 – Ou alors des escargots géants.

Le commandant – Je ne pense pas… Par ici… Oh ! Là-bas ! C'est lui ! Toi, mon gars, tu vas bouffer de la balle explosive à l'uranium. Tu m'en diras des nouvelles. Bonne digestion ! Ah ah, touché ! Cours, mon lapin, tu n'iras pas loin…

Zaglo double zéro 12 – Meurs, humain. *(Il tire.)*

Le commandant – Tu m'as tué, saleté de pantin. Aaaargh…

Zaglo double zéro 12 – Mon nom est Zaglo double zéro 12. Humain, tu ne touches pas à la race que je suis chargé de protéger.

Noël – Ah, Zaglo double zéro 12 ! Comment va ? De mon côté, euh… tout va bien. Nickel. Rien à signaler. Tiens ? Le commandant ? Il n'a pas l'air en forme. Il est complètement mort, on dirait. Toi aussi, tu as raté ton coup ? Non, je veux dire, une erreur de tir ? Tu pourrais faire attention, hein. Où est passé l'alein ?

Zaglo double zéro 12 – Alein disparu.

Noël – Bon sang, c'est coriace, ces bêtes-là.

Zaglo double zéro 12 – Vous ne le trouverez jamais. Il est trop malin.

Noël – Non, c'est vrai. Mais j'ai une idée. Réfugions-nous dans la chambre de survie.

Zaglo double zéro 12 – Ta vie m'importe peu, humain. Il te trouvera et te tuera.

Noël – Ça n'est pas gentil. Pour ta peine, je vais te débrancher.

Zaglo – Essaie pour voir, sale humain.

Noël – Je te signale que j'ai fait un peu de karaté.

(Bruits confus.)

SCÈNE 12

La chambre de survie du Vamolo

Noël – Voilà. Gentil. Plus qu'à transporter le machin en salle de survie. Hmf. Il pèse son poids, lui aussi. Voilà. Ici, la sale bête ne peut pas nous atteindre. Le blindage fait un mètre d'épaisseur. Avant de rallumer le Zaglo, mieux vaut le mettre hors d'état de nuire. J'aime bien cette expression, je l'ai lue dans Blek le Roc. Voilà, bien saucissonné, et hop, on remet le jus.

Zaglo double zéro 12 – Bzzzzz... Que va-t-il se passer à présent, chien d'humain ?

Noël – Je vais essayer de programmer le pilotage automatique d'ici. Dans ce cas, le vaisseau enclenche le plan de vol de retour sur Terre. Tu seras une capture de choix. Je cesserai peut-être d'être stagiaire pour passer doctorant chercheur. Il y a moins de cafés à faire. Attends voir. J'ai étudié le livre des protocoles d'urgence. Voilà. Il faut déverrouiller le panneau B, taper le code sécurité, celui-là je l'ai appris par cœur, baisser cette manette, c'est curieux ça ne ressemble pas vraiment au protocole pilotage automatique, et le bouton rouge, làààà.

Sirène, et voix automatique – Attention, ce vaisseau s'autodétruira dans trois minutes.

Noël – Flûte, je me suis trompé. Mais oui, je suis bête, c'était le panneau A, pas le B, je me disais aussi…

Zaglo double zéro 12 – C'est malin.

Noël – Oui, bah, je l'ai pas fait exprès, hein. Bon, c'est pas grave, il reste la navette de secours. On sort, on fait le plus vite possible, et adios, le vaisseau s'autodétruira sans nous. Bon, allez, on y va. Je vais te détacher, ne fais pas l'idiot.

Uranus – Miaou…

Noël – Bon sang, le chat, j'ai failli l'oublier ! Il ne doit pas être bien loin. Attends-moi ici, Zaglo double zéro 12. J'en ai pour trente secondes.

Voix automatique – Attention, ce vaisseau s'autodétruira dans deux minutes et quarante-cinq secondes.

L'alein – *(Arrivant gravement blessé)* Grrrrrr…

Zaglo double zéro 12 – Tu as survécu ! Ma mission n'est donc pas un échec ! Approche, viens me libérer, ensemble nous allons prendre le contrôle du vaisseau, le petit humain velu est parti chercher le chat…

L'alein – *(Geignant)* Aourmf…

Zaglo double zéro 12 – Mais… Mais tu es blessé…

L'alein – Aouargh…

Zaglo double zéro 12 – Non, ne meurs pas, tu es la dernière chance de ta race. Ne meurs pas, je t'en prie.

L'alein – *(Agonisant)* Gargl…

Zaglo double zéro 12 – Tu es mort, mais ma mission n'est pas achevée. Je prélèverai ton ADN et redonnerai naissance à ta race. Nous nous vengerons des humains.

SCÈNE 13
Les coursives du Vamolo

Voix automatique – Attention, ce vaisseau s'autodétruira dans deux minutes et trente secondes.

Noël – Bon Dieu, où est passé ce sale matou… J'ai pourtant pris un bout d'alein pour l'appâter… S'il ne le sent pas, avec ce que ça coince…

Voix automatique – Attention, ce vaisseau s'autodétruira dans deux minutes et quinze secondes.

Noël – Allez, vite, on n'a pas le temps…

Uranus – Miaou…

Noël – Uranus ! Oui, c'est ça, minou, par là, allez, gentil minou… Regarde ce que je t'ai apporté… du bon mou qui pue…

Uranus – Miaou…

Noël – Oui, c'est ça, minou, par là, allez, gentil minou…

Uranus – Miaou…

Noël – Ouiiiii, par ici, Uranus, entre là-dedans, tu seras bien à l'abri de la méchante bébête… làààà.

N'aie pas peur, je ferme la porte, je pousse le bouton, et tac, direction la Terre. Bon voyage, minou.

Voix automatique – Attention, ce vaisseau s'autodétruira dans deux minutes.

Noël – Et maintenant, vite, récupérer Zaglo double zéro 12... Enfin ! Zaglo double zéro 12, te voilà ! Tiens, l'alein. Dis donc, il a l'air gravement mort.

Zaglo double zéro 12 – Hélas, la race que je devais protéger s'est éteinte.

Noël – Oui, c'est dommage. Bon, il faut filer maintenant. Je vais te détacher.

Voix automatique – Attention, ce vaisseau s'autodétruira dans une minute et quarante-cinq secondes.

Zaglo – Je veux emporter le corps de l'alein.

Noël – Si tu veux, mais ne perdons pas de temps. Cours !

Zaglo double zéro 12 – Tu n'as pas mis la main sur Uranus ?

Noël – Si si, il est à l'abri dans la navette de secours.

Zaglo double zéro 12 – Parfait.

Noël – Le gros minou est en route pour la Terre, bien au chaud.

Zaglo double zéro 12 – Pardon ?

Voix automatique – Attention, ce vaisseau s'autodétruira dans une minute et trente secondes.

Noël – Quoi ? Qu'est-ce qu'il y a ? Le chat est en route pour la Terre, il est sauvé.

Zaglo double zéro 12 – Hein ?

Noël – Ah oui, zut.

Zaglo double zéro 12 – Tu as envoyé la navette avec le chat ? Sans nous ?

Noël – Oui, bah y faut pas me bousculer, j'en perds mes tartines, à force. Je ne savais plus où j'en étais.

Zaglo double zéro 12 – Tu es vraiment un imbécile.

Noël – Je suis désolé, je ne l'ai pas fait exprès.

Zaglo double zéro 12 – Crétin.

Noël – C'est bon, je ne le ferai plus.

Zaglo double zero 12 – Triple buse.

Noël – Ça va, hein.

Zaglo double zéro 12 – Attardé mental.

Noël – Non mais oh, t'es qui toi d'abord ?

Zaglo double zéro 12 – Bouffon.

Noël – Tas de ferraille.

Zaglo double zéro 12 – Abruti.

Noël – Boîte à sardines.

Zaglo double zéro 12 – Demeuré…

Voix automatique – Attention, ce vaisseau s'auto-détruira dans une minute et quinze secondes.

La Belle et l'Enclume

Les amateurs reconnaîtront dans cette histoire des hommages à Boby Lapointe, Georges Perec, Alphonse Allais et Édika, ainsi que les paroles de « Dodo la Saumure », une chanson de ce délicat poète qui a nom Seth Guecko.

Scène 1
La forêt

La forêt – Je suis la forêt. Je suis verdoyante, je suis touffue, je suis mystérieuse. J'abrite des chênes centenaires et des clairières où les fées se donnent rendez-vous au clair de lune. À peine si le soleil parvient à percer mes hautes frondaisons.

Le soleil – Quand je veux, je les perce. Comment elle se la pète, elle…

La forêt – T'es qui, toi ?

Le soleil – Faut sortir, ma grande. Je suis le soleil. Tout le monde me connaît, tout le monde m'adore. Et je te signale que je me dégauchis quand même dans les 54 000 milliards de tonnes d'hydrogène par jour, pour ça faut pas mollir, alors tes frondaisons, hein… D'ailleurs tu fais quoi de tes journées, toi, abriter des chênes centenaires ça ne doit pas te fatiguer beaucoup…

La forêt – Je… Je verdoie.

Le soleil – Tu verdoies ?

La forêt – Exactement.

La forêt – Ça doit être crevant.

La forêt – Bon, écoute, je suis navrée, mais tu n'es pas au casting pour cette histoire. C'est un conte de fées. Donc. Qu'est-ce que je disais ?

Le soleil – Tes hautes frondaisons.

La forêt – Voilà. Donc, euh… Sous mes hautes frondaisons… Sous mes hautes frondaisons… C'est malin, j'ai perdu le fil…

Le soleil – C'est la tête qui ne va plus… À ton âge…

La forêt – Quoi, à mon âge ? Même pas trois cents ans…

Le soleil – C'est bien ce que je disais…

La forêt – Sous mes frondaisons solitaires, j'ai vu les sorcières se réunir pour le sabbat. J'ai vu des brigands se partager le butin, des enchanteurs répéter leurs artifices, des bûcherons affamés abandonner leurs enfants, des amants fuir la malédiction de leurs parents. J'ai vu des nains rejoindre leurs grottes, et des ogres…

Le soleil – Pour une forêt solitaire, ça fait du monde. On dirait Auchan le samedi après-midi.

La forêt – Et j'ai vu des chevaliers errants en quête d'aventure.

Le soleil – Tiens, ben justement, en voilà un spécimen.

Le Prince charmant – Je suis le Prince charmant. C'est-à-dire que je suis prince par mon grand-père paternel, qui fut vidame de la Ferté-Fumage et autres fiefs environnants. Par sa mère, la comtesse douairière Hermangarde, il avait hérité non seulement du fief du vidame son père, Rigobert le Mol, mais aussi de la seigneurie du Clos-Mouchon, qu'elle avait reçue en héritage de son oncle, le fameux Clodoald, célèbre pour avoir brisé par mégarde une molaire du roi Gonthaire, laquelle est conservée dans un reliquaire de la basilique Saint-Gigond. À l'âge de douze ans, mon père épousa Bertrude, fille du duc des Gravouilles, qui en avait huit, et apporta en avancement d'hoirie sa bonne terre de Saint-Frusquin, et, à la mort du duc, toutes les seigneuries et tous les domaines de ce dernier, de sorte que mon père le vidame devint le plus gros seigneur de la province, et le bon roi Lothaire le Distrait, pour le récompenser de son courage, car il avait fui moins vite que les autres face aux Normands, le fit prince. En outre, comme mon nom l'indique, je suis beau. J'ai les traits réguliers, la bouche rouge, le nez droit, le menton volontaire, le front dégagé. J'ai la pommette haute, l'oreille ourlée, l'œil bleu. L'autre œil, l'autre pommette et l'autre oreille aussi, ce qui confère à mon visage une symétrie de bon aloi. J'ai le cheveu blond, avec une mèche devant et un peu de longueur sur les côtés. Je me fais faire une minivague pour un effet wavy par Fabrizio, chez Créa'tif. J'ai par ailleurs, Dieu merci, la musculature fine mais ferme, les abdominaux saillants, la taille bien prise, le jarret souple et le pied léger. Pas la moindre trace de pilosité, enfin sauf dans les parties naturelles, mais je me fais faire le maillot par Fabrizio chez Créa'tif, et d'ailleurs il a une façon de… bon, bref. Je chevauche mon blanc palefroi, qui a nom Caradoc. Il est carapaçonné…

Gramuche – Pardon de l'excuse, mon chevalier, mais y a erreur.

Le Prince charmant – Lui, c'est Gramuche, mon fidèle faire-valoir. Il me suit partout, juché sur Poubelle, sa mule efflanquée. Que veux-tu, mon bon Gramuche ?

Gramuche – Caparaçonné.

Le Prince charmant – Plaît-il ?

Gramuche – Ca-pa-ra-çonné.

Le Prince charmant – Oui, eh bien ?

Gramuche – M'oyez-vous bien, mon prince ?

Le Prince charmant – Mais oui, j'ois.

Gramuche – J'ai craint que vous ne m'ouissiez mal.

Le Prince charmant – Bon, eh bien puisque je te dis que j'ois, c'est que j'ois, veux-tu céans jaser ? Car tu commences à me casser le chef, mon bon Gramuche.

Gramuche – Sauf votre respect, c'est caparaçonné, qu'y faut dire, mon amiral, et pas carapaçonné. C'est comme qui dirait la même chose pareil que infractus, alors qu'en réalité c'est infarctus. Ou aéropage, alors que c'est aréopage qu'y faut dire.

Le Prince charmant – Oui, eh bien si tu t'occupais de tes chausses, Gramuche, mon fidèle faire-valoir ? Tu n'es qu'un vilain, et jamais vilain ne sut langage françois, chose réservée aux hommes de haut lignage et noble sang, quand vilain n'est bon qu'à amasser fumier et faire moult enfants à sa vilaine.

Gramuche – Moi, ce que j'en dis, c'est comme que vous voulez, c'est vous le patron, votre prépondérance, mais je n'en penserons pas moins par devers moi-même, car on a beau dire, j'ai un petiot d'instruction.

Le Prince charmant – C'est cela, mais oui. Où en étais-je ?

Gramuche – Palefroi.

Le Prince charmant – Le fond de l'air est frais, cependant.

Gramuche – Sauf votre honneur, votre grandiosité, j'ai peur que vous n'ayez décidément un problème pour ouïr. Forcément, un jeune homme de votre âge, encore damoiseau. La veuve Poignet, que vous visitez souvent, ne saurait vous suffire. Comme que je me tue à vous le seriner, trouver une jouvencelle serait excellent pour amender cela. Je disais que vous en étiez à « palefroi ».

Le Prince charmant – Au temps pour moi. Je chevauche mon blanc palefroi, qui a nom Caradoc.

Caradoc – Je suis plutôt un destrier, à mon sens, mais enfin bon, ce que j'en dis…

Le Prince charmant – Tu n'y connais rien, Caradoc. Tu devrais être content de n'être pas une haquenée. Et si continues, tu finiras hongre.

Caradoc – Je n'ai rien dit.

Le Prince charmant – À mon côté pend Flamberge, ma bonne épée, qui pourfendit moult infidèles et autres Sarrasins.

La sensitivity reader – Excusez-moi…

Le Prince charmant – Doux Jésus, quelle est cette créature à la peau plus noire que l'enfer ? De quel gouffre diabolique a-t-elle surgi ? Passe ton chemin, sorcière, tes maléfices ne peuvent rien sur moi, je porte sur mon cœur une relique de Saint-Nectaire qui me protège. C'est son intestin grêle, que j'ai fait empailler.

La sensitivity reader – Je vais vous demander de vous calmer, monsieur. Je suis la sensitivity reader de cette histoire.

Le Prince charmant – Quelle est cette langue barbare ? Est-ce l'idiome des trolls des cavernes ?

La sensitivity reader – Sensitivity reader est mon office. Mon métier consiste à veiller à ce que cette histoire ne comporte aucune représentation offensante ou formule blessante envers les femmes, les racisés, les gays, les lesbiennes et les transgenres.

Le Prince charmant – Je ne comprends goutte ton langage.

La sensitivity reader – Toi pas te vanter de tuer des Arabes. Ça pouvoir créer malaise chez lecteur ou lectrice. Toi compris ?

Le Prince charmant – Pourtant les ai-je occis jadis en Espagne avec moult joie, et j'ai ramené leurs oreilles et leurs… Enfin, ce que vous pensez, pour orner la porte de mon castel.

La sensitivity reader – Justement. Les minorités se sentent stigmatisées.

Le Prince charmant – Point ne puis-je non plus proclamer que j'ai forcé leurs femelles, ce dont j'ai tiré moult satisfaction, avant de les étriper ?

La sensitivity reader – Ça non plus, non.

Le Prince charmant – On ne peut donc plus s'esbaudir innocemment, ni trousser ribaude, ni faire grand carnage de mécréants ?

La sensitivity reader – Exactement. Ça les fait se sentir en insécurité.

Le Prince charmant – Bon, alors, juste empaler des sodomites ? Certains aiment ça, en plus…

La sensitivity reader – Non plus.

Le Prince charmant – Un tout petit sodomite…

La sensitivity reader – Ce n'est pas une question de taille.

Le Prince charmant – On ne peut rien faire, quoi.

La sensitivity reader – Un peu d'imagination. Bon, il faut que j'y aille, j'ai pas mal de romans et de contes à contrôler. On m'a signalé dans le coin un barbu qui égorgeait ses femmes.

Le Prince charmant – Ça doit être mon cousin Roger. Vous lui passerez le bonjour. Bon. J'en étais à Flamberge, ma bonne épée, qui, euh… est bien affûtée. À ma ceinture est accrochée Tabatha, ma fidèle masse d'armes. Sur ma tête repose Galehaut, mon fidèle heaume de bon acier. Mes mains sont protégées par Fifi et Riri, mes fidèles gantelets. Mes épaules sont couvertes par Josette, ma fidèle cape. Si j'ai soif, je porte mes lèvres à Ségolène, ma fidèle gourde. Mes reins sont tenus au chaud par Éminence, mon fidèle caleçon.

Gramuche – La forêt s'épaissit de plus en plus, votre éminence. Si ça continue, nous ne pourrons plus avancer. Voyez ces ronces énormes qui nous barrent le chemin, ces lianes qui s'enlacent au tronc des arbres et forment une inextricable toile d'araignée, ces branches basses toujours plus épaisses à mesure que nous avançons, ces tas de vieux pneus et ces carcasses de machines à laver… Et ces bruits inquiétants… Nous faut-il vraiment continuer, votre hauteur ?

Le Prince charmant – Gramuche, un peu de cœur, tu n'es point femmelette !

Gramuche – Eh bien justement, votre élévation, puisqu'on en parle, ça va peut-être vous surprendre, mais ça fait longtemps que je voulais vous dire…

Le Prince charmant – Cesse de babiller, Gramuche, je n'ignore pas que vilain ne connaît point courage ni honneur, mais j'espérais qu'au contact d'un preux chevalier, tu aurais fini… Mais vois, nous approchons, les tours du château se profilent par-dessus les arbres, droit devant nous, à moins de cinq cents mètres !

Gramuche – Le mètre n'existe pas encore, mon sénéchal.

Le Prince charmant – Pardon, de cinq cents coudées. Voilà. Tu es content ?

Gramuche – Mais quelle est donc cette silhouette qui se dirige vers nous ?

Le Prince charmant – Où ça ? Ah, là-bas ?

Gramuche – Curieux, on dirait bien une danseuse de flamenco…

Le Prince charmant – Pure apparence, Gramuche… Mais je ne m'y laisse pas tromper.

Gramuche – Mais alors… Qui est-ce ?

Le Prince charmant – Observe bien… Sans le moindre doute, il s'agit d'un expert-comptable, grossièrement déguisé en danseuse de flamenco.

Gramuche – C'est diabolique…

Le Prince charmant – Oui, l'expert-comptable est toujours à redouter…

Gramuche – Voilà qu'il agite ses castagnettes…

Le Prince charmant – Mauvais signe… Tenons-nous sur nos gardes… Gare à l'audit financier…

Gramuche – Que faites-vous, maître ?

Le Prince charmant – J'ai toujours sur moi une fausse facture… Je la brandis en cas de rencontre avec un expert-comptable… *Vade retro !*

Gramuche – Il chancelle sur ses talons hauts… Il tombe… Il est raide mort.

Le Prince charmant – La fausse facture, ça ne pardonne pas. Eh bien nous avons triomphé de cette nouvelle embûche. Paix à son âme, c'était un noble adversaire, même s'il se nommait Boniface et chaussait du quarante-sept.

Gramuche – Votre perspicacité fait mon admiration, votre sagacité.

Le Prince charmant – Je sais, Watson. Pardon, Gramuche.

Gramuche – Et vous n'êtes pas sans savoir, votre énormité, que nous vîmes ce matin même, alors que nous allions notre chemin, les toits de ce château émerger de la profonde forêt où nous sommes présentement.

Le Prince charmant – Point ne l'ignore, fidèle Gramuche, et point n'est besoin de me le ramentevoir.

Gramuche – Et curieux de ces tours noyées dans les arbres, nous demandâmes à un villageois qui cultivait son champ ce que c'était que ce château.

Le Prince charmant – Mais je le sais parfaitement, c'est en vain que tu dépenses ta salive, serviteur babillard.

Gramuche – Le susdit quidam, levant son front de sa charrue, nous déclara en son grossier patois que nul ne le savait, car nul chrétien ne s'était oncques risqué dans cette forêt qu'on disait enchantée, mais qu'il avait entendu dire jadis à son grand-père qu'il s'agissait de la demeure d'un redoutable sorcier, qui s'y était installé il y a près de cent ans…

Le Prince charmant – Tu me la bailles belle, Gramuche, point ne suis maléficié par Alzheimer, le nécromancien qui rend sot.

Gramuche – Et, oyant ces mots, il vous vint l'idée d'aller voir ce qu'il en était, car dès qu'il y a des ennuis à chercher, vous n'êtes pas le dernier à vous y jeter, et je suis bien obligé de vous suivre, misère de moi, ayant signé un CDD pour douze années.

Le Prince charmant – Mais enfin, tu commences à me tirlipoter la cotte de mailles, quel besoin de redire ce que nous savons bien ? Vas-tu céans cesser, ou devrai-je te caresser l'échine à coups de masse d'armes ?

Gramuche – Jamais de masse d'armes sur l'échine, c'est ma devise, votre enflure. Pardon, pardon ! Pardonnez s'il vous plaît votre humble serviteur, j'avoue, je suis un misérable, j'ai été pris d'un besoin de flash-back. J'ai pourtant fait une désintox, mais ça me reprend par moments, pas moyen de m'en empêcher.

Le Prince charmant – Tu n'es qu'une larve baveuse, Gramuche. Et, euh… il t'en reste un peu ?

Gramuche – Navré, votre grandeur, il ne m'en restait guère, j'ai tout sniffé. Mais il arrive qu'on trouve des dealers de flash-back dans les lieux les plus inattendus, par exemple une profonde forêt.

Le dealer de flash-back – Bonsoir, m'sieurs dames.

Gramuche – Ouh ! Le bougre m'a fait peur. Bonsoir, bel inconnu.

Le Prince charmant – Où vois-tu gente dame ici, maraud ?

Le dealer de flash-back – Pardon de l'excuse, monseigneur, il fait si noir en cette futaie.

Le Prince charmant – Qui es-tu, et que veux-tu ?

Le dealer de flash-back – Je cueille des champignons. Et, à l'occasion, je rends service au voyageur de passage.

Le Prince charmant – Quel genre de service ?

Le dealer de flash back – Eh bien tout dépend. J'ai toujours sur moi quelques pièces de dentelle, qui peuvent dépanner. Tenez, cette superbe nappe, idéale pour décorer un corps de garde, par exemple. Très joli aussi pour rendre un échafaud plus attrayant… Et entièrement lavable à la main, les taches de sang disparaissent à la première lessive.

Gramuche – Oh, regardez, votre splendeur, la finesse du point, la complexité du dessin, c'est si charmant…

Le Prince charmant – Allons, Gramuche, point ne sommes jouvencelles pour nous esbaudir de colifichets, dentelles et autres falbalas.

Gramuche – Justement, votre omnipotence, à ce propos il faut que je vous dise…

Le Prince charmant – Si tu n'as rien d'autre, maraud, passe ton chemin.

Le dealer de flash-back – Oh, j'aurais bien aussi…

Le Prince charmant – Aussi quoi ?

Le dealer de flash back – C'est introuvable, par les temps qui courent…

Le Prince charmant – Eh bien ?

Le dealer de flash-back – Mais il faut être un authentique amateur pour l'apprécier. Je le réserve pour les connaisseurs.

Le Prince charmant – Veux-tu bien t'expliquer, ma patience est à bout, canaille.

Le dealer de flash-back – Il me reste quelques flash-back. C'est du premier choix. Très difficile à trouver dans cette qualité.

Le Prince charmant – Mouais. Combien les vends-tu ?

Le dealer de flash-back – Je ne les vends pas, noble seigneur.

Le Prince charmant – Tu les donnes donc ?

Le dealer de flash-back – Je les échange.

Le Prince charmant – Contre quoi ?

Le dealer de flash-back – Je les échange contre un peu d'argent, car j'en manque cruellement.

Le Prince charmant – Je vois. Combien ?

Le dealer de flash-back – Oh, une misère pour un seigneur tel que vous, mais tout dépend de la date du flash-back.

Le Prince charmant – Gramuche, le vieux cultivateur n'a-t-il pas dit que le château avait été enchanté il y a cent ans ?

Gramuche – Si fait, votre altesse.

Le Prince charmant – Combien pour cent ans ?

Le dealer de flash-back – Pour cent ans, il ne vous en coûtera que mille.

Le Prince charmant – Mille quoi ? Mille deniers ?

Le dealer de flash-back – Votre seigneurie veut se moquer d'un pauvre homme.

Le Prince charmant – Eh bien, maraud du diable ? Combien ?

Le dealer de flash-back – Mille petites livres, monseigneur.

Le Prince charmant – Mille livres ? Es-tu fol, ou es-tu larron bon pour la hart, maudit usurier ?

Le dealer de flash-back – La vie est si chère, de nos jours. Je vous assure qu'à dix lieues d'ici, vous en paieriez le double. Mais puisque c'est vous, monseigneur, et pour vous complaire, je me contenterai de 995 livres.

Le Prince charmant – 995 livres tournois, je présume.

Le dealer de flash-back – Livres parisis, monseigneur.

Le Prince charmant – 995 livres parisis, encore mieux ! En livres tournois, ça nous fait… euh…

Gramuche – 1 243 livres tournois, 1 sol et 60 deniers, votre munificence.

Le Prince charmant – C'est cela, j'allais le dire. Eh bien, marchand, je t'en propose 15 livres parisis, 10 sols et 40 deniers.

Le dealer de flash-back – Votre seigneurie se gausse. Autant donner la marchandise. Je dois gagner ma vie. J'ai quinze enfants à nourrir.

Le Prince charmant – Tu n'avais qu'à pas tant besogner ta bougresse. Abandonne-les donc dans cette forêt.

Le dealer de flash-back – J'ai bien essayé, mais ils trouvent toujours le moyen de revenir. La dernière fois, figurez-vous que ces petits salopards avaient semé des petits cailloux…

Le Prince charmant – On s'en fout. Allons, donne ton prix.

Le dealer de flash-back – Monseigneur, j'irai jusqu'à 994 livres, parce que c'est vous.

Le Prince charmant – 18 livres.

Le dealer de flash-back – Vous m'étranglez. 899 livres.

Le Prince charmant – 19 livres et 5 sols.

Le dealer de flash-back – Je suis écorché vif. 880 livres et 15 sols.

Le Prince charmant – J'irai jusqu'à 23 livres, mais pas un sol de plus.

Le dealer de flash-back – 875 livres, et j'y perds. Mais bon, il faut que j'écoule mes stocks.

Le Prince charmant – Écoute, je vide ma bourse : elle contient pour tout potage 8 écus, 12, 13, 14 gros blancs et 22 liards, soit au total, en livres, eh bien, euh…

Gramuche – 24 livres et 234 deniers.

Le Prince charmant – Cesse de m'interrompre quand je parle, Gramuche. Voilà, marchand, l'argent est devant toi, tu le prends ou tu le laisses.

Le dealer de flash-back – Si votre seigneurie condescendait à aller jusqu'à 29 livres, je lui cèderais avec plaisir la marchandise, car je ne recule devant aucun sacrifice pour satisfaire la clientèle.

Le Prince charmant – Gramuche, prête-moi donc 4 livres et 6 deniers, et le compte y sera.

Gramuche – Je fais humblement remarquer à votre splendeur qu'elle me doit déjà 750 livres.

Le Prince charmant – Et puis quoi, sordide vermisseau, n'aurais-tu pas confiance en ton seigneur et maître ?

Gramuche – Si fait, si fait, c'est simplement que…

Le Prince charmant – Que quoi ? Allons, fais briller les pièces, et prends garde de ne point m'irriter.

Gramuche – Si votre grandeur veut bien se donner la peine…

Le Prince charmant – Voilà, marchand, 29 livres bien comptées.

Le dealer de flash-back – Et voici la marchandise, monseigneur, vous m'en direz des nouvelles. Sur ce, je passe mon chemin.

Gramuche – Sauf votre respect, votre importance s'est fait avoir. Cette daube vaut à peine 10 livres.

Le Prince charmant – Tu n'y connais rien. Passe-moi la dose. Aaaaaah, rien à dire, ça fait voyager…

Gramuche – Ah, quel trip. Je sens les années qui défilent, et…

Scène 2
Le château du roi

La reine – Nous vivons il y a cent ans, mon cher mari et roi.

Le roi – C'était le bon temps.

La reine – Non, mais c'est maintenant. Nous sommes il y a cent ans.

Le roi – Je n'entends goutte à ce que vous dites, ma reine.

La reine – Tout est démodé ici, tout est vieillot. Évidemment : nous vivons dans le passé. Il faudrait songer à être modernes. Ce château est désespérément moyenâgeux. Depuis le temps que je vous supplie de changer le papier peint et de débarrasser ces vieux meubles vermoulus… Et la cuisine ! Cette cheminée en pierre, ces batteries de casserole en cuivre, ces tables en chêne, ces carreaux d'émail, c'est d'un ringard !… Formica, le négociant italien, a paraît-il de nouveaux matériaux pour la cuisine, qui viennent du lointain Cathay.

Le roi – Le trésor est vide, hélas.

La reine – Évidemment, vous dilapidez tout en armures et en chevaux, pour le plaisir de jouter et guerroyer avec vos lourdauds de chevaliers. Augmentez donc les impôts.

Le roi – Je les ai déjà augmentés il y a deux ans pour faire refaire le trône, qui était par trop usé, et réparer les échauguettes. Mais bon, je vais augmenter la taille. Nous risquons une petite émeute populaire, mais en faisant pendre une vingtaine de gueux, en général, ça se calme.

La reine – Faites donc, mon ami.

Le roi – Ma mie, vous vous êtes chargée des invitations pour le baptême de notre fille, j'espère que personne n'est oublié, je ne voudrais pas offenser un mien cousin.

La reine – Mon ami, avec votre famille, c'est miracle si je n'oublie personne, vous avez des cousins dans tout le royaume, et à la mode de Bretagne qui mieux est. J'en ai même déniché à Camelot, à Medamothi, et jusqu'à Ruach !

Le roi – Et le cousin Prosper ?

La reine – Quel cousin Prosper ?

Le roi – Mais voyons, le cousin Prosper, le petit-fils de la sœur de l'oncle de ma mère…

La reine – Le petit-fils de la sœur de l'oncle de votre mère ? L'oncle Célestin ?

Le roi – Mais oui, c'est de la famille proche.

La reine – Très proche, en effet. Le petit-fils de la sœur de l'oncle de votre mère, c'est vous, mon ami.

Le roi – Tiens, c'est pourtant vrai.

La reine – D'autant que vous vous appelez Prosper, mon ami.

Le roi – Ma foi, vous avez raison, ma mie. Où avais-je la tête… Mais que voulez-vous, la charge des affaires du royaume…

La reine – La charge des affaires du royaume, ça consiste principalement à jouer au bilboquet sur votre trône en écoutant les histoires belges de votre bouffon Bigor.

Le roi – Vous êtes femelle, et n'entendez rien à la politique.

La reine – Mais oui, c'est cela. J'ai aussi invité les sept bonnes fées du royaume, afin qu'elles soient la marraine de notre petite fille et lui dispensent ainsi par leurs enchantements tous les dons et toutes les qualités.

Le roi – Et le parrain ?

La reine – Il ne restait que Gérard Majax. Les autres enchanteurs sont en congrès à Brocéliande.

Le roi – Ça fera l'affaire. Mais je crois que voici nos invités. Les fées ne devraient pas tarder. Tiens, justement, j'en aperçois une… Oui, c'est la fée Morgane.

La fée Morgane – Cette petite fille est adorable. Mon Dieu qu'elle est trognon. Elle aura les plus beaux yeux du monde.

La reine – Hem… ma fée, en réalité, il s'agit de Cachou, mon caniche nain.

La fée – Mille pardons, majesté, ma vue baisse, avec l'âge. Bon, pour les yeux, c'est râpé. Quoi qu'il en soit, elle sera la plus belle princesse du monde, longs cheveux blonds, bouche rouge et pulpeuse, teint de lys et de rose, taille fine, jambes fuselées, bonnets 115 G…

La reine – Point trop n'en faut, ma fée, elle risque d'avoir du mal à trouver des brassières…

La fée – Ah, désolée, c'est dit c'est dit… Mais ne vous inquiétez pas : c'est tendance, les gros seins.

Le roi – Ça commence bien. Je commence à m'inquiéter, avec ces fées à moitié gâteuses…

La reine – Chut, voici les autres…

La fée Mélusine – Cette petite fille sera pleine d'esprit et d'intelligence. Elle placera contrepèteries et calembours à foison, et comprendra les livres de Wittgenstein.

La fée Viviane – Eh bien moi, je dis mieux : elle fera la cuisine à la perfection, le soufflé aux asperges et la pièce montée n'auront pas de secrets pour elle.

La fée Margot – Ça, ce n'est rien. Elle exécutera sans peine le triple salto arrière et l'épaulé jeté !

La fée Alice – Elle sera une virtuose du macramé, du scoubidou et du canevas !

La fée Josette – Elle sera imbattable au hula hoop et jouera du biniou à ravir !

La fée Germaine – Elle aura un compte épargne logement à 6 % d'intérêts nets d'impôts, et une réduction permanente de 10 % chez Lidl !

Le roi – Ma mie, quelle est cette horrible vieille qui s'avance vers le berceau de notre enfant ?

La reine – Le fait est qu'elle est repoussante.

Le roi – Une dent unique branle en sa mâchoire.

La reine – Une verrue obèse s'épanouit sur son nez crochu et s'orne de longs poils noirs.

Le roi – Ses yeux chassieux dérivent dans des lunettes à double foyer.

La reine – À son menton pendent des touffes de barbe grise.

Le roi – Trois cheveux gras collent à son front.

La reine – Ses doigts crochus sont prolongés par des ongles noirâtres ébréchés.

Le roi – Son cou décharné est plus rouge et plus plissé que celui d'un vautour.

La reine – Mon Dieu… Elle porte une robe Kiabi rose à volants et parements de dentelle en acrylique.

Le roi – C'est épouvantable.

La reine – Elle avance en s'appuyant sur un déambulateur.

Le roi – Les mouches se trouvent mal et tombent par centaines sur son passage.

La reine – Vos gardes du corps chancellent aussi, et moi-même, je ne me sens pas très bien. Mes sels, vite !

Le roi – C'est bizarre, treize canards la suivent en se dandinant.

La reine – Treize canards ? Pour quoi faire ?

Le roi – Ma foi…

La reine – Pour se donner un genre, quoi.

Le roi – Bon sang, mais je la reconnais !

La reine – Ce n'est pourtant pas votre chère maman, qui est grabataire. Mais il y a un air…

Le roi – C'est, euh… ah c'est idiot, je l'ai sur le bout de la langue… C'est machine, là, Cara… Cara…

La reine – Cara Delevingne ?

Le roi – Non, Cara…

La reine – Carabinée ?

Le roi – Non, Cara…

La reine – Caramel ?

Le roi – Non, Cara…

La reine – Caravage ?

Le roi – Non, Cara…

La reine – Carafon ?

Le roi – Non, Cara…

La reine – Caravansérail ?
Le roi – Non, Cara…
La reine – Karaboudjan ?
Le roi – Non, Cara…
La reine – Karatéka ?
Le roi – Non, Cara…
La reine – Karamazov ?
Le roi – Non, Cara…
La reine – Audrey Tautou ?
Le roi – Carabosse ! C'est Carabosse !
La reine – Aïe…
Le roi – Que ne l'avez-vous invitée, enfin ! C'est la gaffe du siècle, là !
La reine – Mais je la croyais morte depuis longtemps ! Elle était déjà en Ehpad il y a vingt ans !
Le roi – Vous avez fait du joli…
La reine – Bienvenue parmi nous, madame la fée.
Le roi – Comment va ce bon monsieur Lafé ?
La reine – Je vous en prie, mon ami ! Un petit porto, chère madame ? Des cacahuètes ? Panini ? Esquimaux ? Chocolats glacés ?
La fée Carabosse – Inutile, majesté. Je n'étais pas conviée à ce baptême, mais je tiens tout de même à faire un don à la petite princesse.
La reine – *(À part, au roi)* Vous voyez, mon ami, que la vioque a bon fond. *(À Carabosse)* C'est trop aimable à vous, chère madame.

Le roi – Ah oui, ça, c'est, euh… comment dirais-je, c'est aimable, madame la fée.

La fée Carabosse – Allons, pas de salamalecs entre nous, appelez-moi Debby, c'est le diminutif de Deborah, Deborah Carabosse.

Le roi – Où ça, des beaux rats ?

La reine – Enfin voyons Prosper ! Excusez mon mari, chère débris… Debby, Debby…

Le roi – Ah, vous voyez bien que vous aussi…

La fée Carabosse – Bon. Eh bien maintenant que nous sommes à l'aise, voyons voir… Ah, c'est cela, la princesse sera une championne de la gorge.

Le roi – Non, là, merci, elle a ce qu'il faut.

La fée Carabosse – Pardon, de la forge. La petite princesse, dès son plus jeune âge, manifestera un intérêt marqué pour la forge et les travaux du métal.

Le roi – Mais je…

La reine – C'est merveilleux ! C'est merveilleux !

La fée Carabosse – Elle passera son temps à frapper sur des enclumes, emboutir, repousser, laminer, estamper, tréfiler, écrouir, et ne se plaira que parmi forgerons, chaudronniers et maréchaux-ferrants.

Le roi – Écoutez, si c'est le même prix, un peu de théorbe ou de luth, ça ferait plus jeune fille…

La reine – Mais non, mais non. La chaudronnerie, mais c'est merveilleux. Au moins se rendra-t-elle utile, merci infiniment, Debby.

La fée Carabosse – Mais, à l'âge de seize ans, elle s'écrasera le doigt, et en mourra.

La reine – Ciel !

Le roi – Alors là, n'importe quoi. On n'en meurt pas. Moi qui vous parle, j'ai pris un coup de gourdin clouté sur la main en combattant les Normands, eh bien…

La fée Carabosse – Mais si, ça se peut parfaitement.

Le roi – Même pas.

La fée Carabosse – Même que ça se peut.

Le roi – Complètement gâteuse, la vieille. Gardes ! Foutez-moi ça dehors !

La fée Carabosse – Laissez-moi éclater d'un grand rire sardonique. Un simple coup de baguette, et paf, je me volatilise. Abracadabra !

La reine – Ça n'a pas l'air de marcher.

La fée Carabosse – Allez ! Abracadabra ! Euh… Shazam ! Mille démons, quelle casserole, cette baguette ! Je l'ai pourtant faite réviser il y a six mois !

La reine – C'est pathétique.

Le roi – Faudrait pas vieillir…

La fée Carabosse – Hocus Pocus ! Magog ! Tohu Bohu ! Ah, je sais, ça c'est l'identifiant, il me faut le code secret. Alors… Cara881 !

La reine – Le nom et l'année de naissance… Si elle se le fait pas craquer…

Le roi – Ça lui fait quand même cent vingt-neuf ans…

La reine – Elle est plutôt mal conservée pour son âge.

La fée Carabosse – Ah ah ! Ça y est ! Cara881 ! Tohu Bohu ! Je m'enfonce dans le sol, je disparais !

Le roi – Hé ! vous oubliez vos canards ! C'est bizarre, elle a laissé une flaque derrière elle… L'âge, sans doute…

La reine – C'est charmant ! Je venais de faire refaire le parquet ! Enfin. Valets, balayez toutes ces mouches, vaporisez-moi dans cette salle un bon coup de Purodor, aérez, aérez, qu'on respire un peu ! Et attrapez ces canards !

Une voix – Mais sortez-moi de là, par pitié !

Le roi – Allons bon… Qu'est-ce qui se passe…

La reine – Mon ami… La grande tapisserie… Voyez… Elle ondule, elle est agitée de mouvements violents…

Une voix – Bon sang, mais c'est pas possible… Aaaarh !

La reine – Elle parle ! La tapisserie parle ! C'est un revenant !

Le roi – Un fantôme ! Mais vous savez bien que ça me fait peur…

La reine – Gardes ! Percez la tapisserie de vos hallebardes !

Le roi – Ah non ! Au prix qu'elle m'a coûté…

Une voix – Mais qui m'a foutu un sac de nœuds pareil…

La reine – Gardes ! Qu'on écarte la tapisserie !

Un garde – Vas-y, toi, tu es le plus près.

Un autre garde – Hé, la dernière fois qu'il a fallu pendre un paysan, c'est moi qui m'y suis collé.

Premier garde – D'accord, mais moi, de mon côté…

Une voix – Au secours ! J'étouffe !

La reine – Exécution !

Deuxième garde – Majesté, c'est une…

La fée Guimauve – Oui, une fée. Je me présente : fée Guimauve, ancienne interne de Mataquin, assistante à Avalon.

La reine – Qu'est-ce que vous fabriquiez dans ma tapisserie ?

La fée Guimauve – Lorsque j'ai vu arriver Carabosse, je me suis cachée pour passer après elle et tenter de réparer le mal qu'elle pourrait faire. Mais ce que c'est lourd, ces vieux machins ! Je me suis emberlificotée là-dedans, et plus moyen de m'en dépêtrer. En plus je suis allergique à la poussière…

La reine – Pourtant vous êtes fée, vous auriez pu sortir…

La fée Guimauve – J'ai été malade, pas pu assister au séminaire toiles d'araignées-ficelles-vieilles tapisseries. Bon, allez, je m'y mets. Je ne peux pas défaire le maléfice, mais je peux l'adoucir. Donc. La petite princesse se donnera un coup de marteau sur le doigt en forgeant, mais au lieu d'en mourir, euh… voyons… Oui, elle s'endormira pendant cent ans. Elle sera réveillée par un prince.

Le roi – Cent ans ! Ça fait tout de même long. On ne pourrait pas… Disons dix-douze ans…

La fée Guimauve – C'est le minimum dans ce genre de situation. Cent ans parce que c'est vous, hein.

Le roi – *(À voix basse, à la reine)* Au fond, est-ce qu'elle est bien compétente ? On devrait essayer avec Gérard Majax.

La reine – *(À voix basse, au roi)* Taisez-vous donc. *(À voix haute)* Merci infiniment, ma fée. Combien vous dois-je ?

Le roi – *(Dans sa barbe)* Un prince… Un prince… On ne sait même pas qui c'est, ce prince…

La fée Guimauve – C'est cadeau. Voilà. Je vous laisse, bonne fin d'après-midi.

La reine – Prenez des dragées, en partant.

Le roi – Alors là, comme baptême, c'est réussi. Espérons que le mariage sera mieux.

La reine – Eh bien justement, puisque vous en parlez, il est temps de se projeter dans seize ans. Nous avons assez moisi il y a cent ans. Un peu de modernité ne nous fera pas de mal. Cela dit, je ne sais pas si ma robe sera encore à la mode. Il faut prévoir une nouvelle garde-robe.

Le roi – Votre dernière robe m'a obligé à doubler la gabelle.

La reine – Décidément, vous êtes d'une mesquinerie, mon pauvre ami…

SCÈNE 3

Le château, seize ans plus tard

La reine – Ah, nous voilà seize ans plus tard.

Le roi – Parlons-en. Depuis qu'on a interdit de forger dans tout le royaume pour éviter que notre fille ne se blesse, c'est une catastrophe. On ne peut plus ferrer les chevaux. Les armures, je ne vous en parle même pas, on en est réduits à porter de vieilles cuirasses rouillées, qui ne correspondent plus du tout aux exigences des armées modernes. Quant aux épées… Du coup, j'ai pris trois déculottées de suite.

La reine – Comme d'habitude. Je ne vois pas ce que ça change.

Le roi – Tiens, j'aperçois une poitrine qui se profile dans le chambranle. Notre fille ne devrait pas tarder.

La reine – Franchement, mon ami, votre conception de l'humour est navrante. *(À la princesse)* Bon anniversaire, ma chérie !

Le roi – Joyeux anniversaire !

La princesse – Merci papa, merci maman.

La reine – Tiens ma biquette.

La princesse – Oh ! Qu'est-ce que c'est ?

Le roi – Ton cadeau. Ouvre !

La princesse – C'est un baquet bien empalé. Je veux dire, c'est un paquet bien emballé… Ah… Mais… C'est quoi, ce truc ?

La reine – C'est une robe, ma chérie. Une robe couleur de lune.

Le roi – On a eu un mal fou à la trouver. Et c'est pas croyable le prix que ces…

La reine – Je vous en prie, mon ami…

La princesse – Mais… J'avais demandé une enclume…

La reine – Je sais, mon trésor, mais pas moyen d'en trouver. Tous les marchands d'enclumes sont en rupture de stock.

Le roi – Tu verras, la robe, c'est beaucoup plus pratique à porter au quotidien. En plus on a fait retoucher le haut, pour que tu t'y loges plus à l'aise.

La reine – Prosper !

La princesse – Pffff… Des robes, toujours des robes… À Noël, j'avais demandé une presse à emboutir hydraulique avec cinq cents tonnes de force de compression, et paf, une robe. Alors que je ne mets que des salopettes.

La reine – Justement, mon sucre, une princesse…

Le roi – Je suis navré que tu sois déçue, ma grenouille mordorée…

La princesse – Allons, papa, inutile d'arborer votre pine miteuse. Pardon, votre mine piteuse.

Le roi – Ça n'est pas grave, mon biquet rose.

La princesse – Bon, merci papa, merci maman, excusez-moi, mais je dois y aller.

Le roi – Il faudra songer à des cours d'orthophonie. Le don de la contrepèterie, c'est tout de même handicapant, à la longue.

La reine – Elle n'a même pas pris la robe !

Le roi – Alors que pour l'acheter j'ai dû vendre vingt-cinq arpents de bonne prairie…

La reine – Décidément, mon ami, votre petitesse fera toujours mon admiration.

Le roi – Vous croyez qu'on peut la revendre ?

La reine – Le haut est beaucoup trop large, maintenant.

Scène 4
La vieille tour

La princesse – C'est tout de même bizarre, ça fait trois jours que j'entends ce battement sourd, et pas moyen de savoir d'où il vient. Je suis sûre que ce sont les domestiques qui font une rave party dans un coin. Mais où ? Tiens, j'ai l'impression que je ne connais pas ces chattes du salaud. Ces salles du château. Ça a l'air plus ou moins à l'abandon. Poussière et toiles d'araignées au programme. Et quel froid. Un peu d'alcool me ferait du bien. Qu'est-ce que je ne donnerais pas pour me réchauffer avec un feu de pine. Avec un peu de fine. J'aimerais voir sa bite. Boire ça vite. Ah, bon sang, c'est une malédiction, ces contrepèteries. Pas moyen de s'en empêcher ! Merci marraine pour le cadeau ! Bon, je prends où ? À droite, un couloir lugubre. À gauche, un corridor ténébreux. En face, un escalier en colimaçon à moitié ruiné… Tiens… On dirait que le tam-tam se rapproche.

À force, ça me broute les… Non, ça me brouille l'écoute… Bon, allez, je monte… L'escalier mène à une vieille porte vermoulue, tout ça est d'un prévisible… Elle s'ouvre en grinçant, comme de bien entendu… Oh, mais que vois-je !

La vieille – (Chante tout en martelant)

J'sors du hood, ta chatte pue l'gouda

Chaque rime c'est du lourd comme le cul d'Bouddha

Appelle-moi « Dodo la Saumure »

J'vais t'casser la bouche sans la toucher

Juste en dessinant une bite là sur l'mur…

La princesse – Une bonne vieille qui clame sur son empute. Nom de Dieu, une bonne vieille qui tape sur son enclume…

La vieille – Ah bon ? Où ça ?

La princesse – Mais… devant moi, ma bonne vieille.

La vieille – Je ne vois rien. Je suis seule ici.

La princesse – Bon, ça ne fait rien. Que faites-vous donc là, grand-mère ?

La vieille – Tu le vois bien, mon garçon, je file la quenouille.

La princesse – (À part) Complètement sénile, la vioque. *(Tout haut)* C'est merveilleux, grand-mère.

La vieille – Ça n'a rien de merveilleux, ça sert à fabriquer des pulls en laine pour l'hiver, c'est répétitif, ça ne rapporte pas grand-chose, et à la longue, on se fatigue.

La princesse – Et cette charmante mélopée que vous fredonniez, elle semble venir d'un lointain passé…

La vieille – C'est une berceuse berrichonne. Ma grand-mère me l'a apprise. Elle la tenait de sa grand-mère, qui elle-même la tenait de sa grand-mère, qui l'avait reçue de sa grand-mère, qui…

La princesse – Oui oui, c'est passionnant.

La vieille – Bon, excuse-moi, mon petit garçon, mais j'ai du travail. Va donc jouer au cow-boy…

J'suis la violence à l'état pur, en chair et en saucisse
J'vais pas t'briser l'cœur, t'en as qu'un chérie :
J'vais t'briser un os, t'en as 206
Nique le swag, nique le buzz, nique la police
Laisse pas Charles Trénet ton fils
T'as des rimes de grossiste, des clips de RMIste…

La princesse – Grand-mère…

La vieille – Qui parle ?

La princesse – C'est moi, grand-mère.

La vieille – Que puis-je pour vous, monsieur l'abbé ?

La princesse – Pourriez-vous m'apprendre à niquer le fenouil ?

La vieille – Pardon ?

La princesse – Râh, mais c'est une infirmité ! Je veux dire, à couiller le fennec… zut, à filer la quenouille ?

La vieille – Avec plaisir. Tenez… Vous prenez la quenouille de la main droite, voilààà, la laine de la main gauche, épaule souple, poignet ferme, et vous frappez comme une mule la laine avec la quenouille. Allez-y, n'ayez pas peur. Niquez-lui sa race.

La princesse – *(Tapant sur l'enclume)* Ouah, c'est génial !… Aïe-e !

La vieille – Si vous pouviez arrêter de joncher le sol comme ça… J'ai passé un coup de balai ce matin…

SCÈNE 5
La grande salle du château

Un garde – Majesté ! J'ai trouvé la princesse dans la vieille tour nord ! Elle semble inconsciente !

La reine – Mon Dieu ! Ma petite Aurore !

Le roi – Ouh… Le doigt… On dirait un steak haché… Elle a dû déguster…

La reine – Qu'allons-nous faire ? Elle va dormir cent ans…

Le roi – On pourrait commander un matelas à mémoire de forme…

La reine – Ça sera inventé dans neuf siècles…

Le roi – Au temps pour moi.

Un garde – Majesté !

Le roi – Quoi encore ?

Le garde – Nous avons trouvé ce quidam qui se tortillait dans la grande tapisserie de la salle du trône.

La reine – Tiens, la fée Guimauve.

Le roi – Mais qu'est-ce que vous faisiez encore dans la tapisserie ? Vous n'avez plus besoin de vous cacher, cette fois.

La fée Guimauve – Oui, bah je me suis trompée, voilà, ça peut arriver à tout le monde, hein. Chez vous, on pousse une porte et on se fait embringuer dans une tapisserie. Vous feriez mieux de jeter ces vieilleries et de passer un coup de blanc satiné, ça éclaircira et ça évitera aux gens de s'entortiller là-dedans.

La reine – C'est une idée, tiens…

La fée Guimauve – Votre garde peut me lâcher, là…

Le roi – Ah, oui, pardon… Garde !

Le garde – Majesté ?

Le roi – Lâchez l'affaire ! Pardon, la fée !

Le garde – À propos de fée, votre majesté m'avait dit que pour ma promotion au grade de sergent, c'est comme si c'était fait…

Le roi – Oh, vous savez, sergent, c'est très surfait…

Le garde – C'est ce que je dis à ma femme, mais elle n'arrête pas de se rebiffer… Elle me traite d'empaffé…

Le roi – Bon, passez demain pour le café…

Le garde – Merci majesté… Je sens que je vais piaffer…

Le roi – J'ai le brevet, je n'ai plus qu'à parapher…

Le garde – Alors là, je suis bluffé…

La fée – Vous le faites exprès ?

Le roi – Pardon ?

La fée – Les mots en -fé.

Le roi – Je ne comprends pas…

La fée – Bon, il peut me lâcher, oui ou non ?

Le roi – Ah oui, exécution !

La reine – Mon ami, pour le blanc satiné…

Le roi – Oui ma chérie ?

La reine – Je me demande si une laque brillante ne ferait pas plus d'effet…

Le roi – Ah je ne sais pas… J'aurais tendance à préférer le satiné… Ça fait mieux ressortir les panoplies.

La fée – Je ne voudrais pas vous déranger…

La reine – Ah, vous êtes encore là… Ça va être l'heure de l'apéritif, ça nous ferait plaisir si vous restiez.

La fée – Majesté, je suis venue parce que nous avons un gros problème…

Le roi – Ah bon ?

La reine – Mon Dieu… Qu'est-ce qui se passe ?… Dites-nous, si on peut faire quelque chose, ce sera bien volontiers…

La fée – Mais… la princesse…

La reine – Eh bien quoi, la princesse…

La fée – Elle est endormie pour cent ans…

La reine – Ah, ça ! Ah oui bien sûr.

Le roi – Oui, c'est sûr que c'est embêtant.

La reine – Ah, c'est un problème.

Le roi – Les ados, de nos jours, pour les réveiller et leur faire faire quelque chose…

La reine – C'est la croix et la bannière.

Le roi – Ah, ah, ah, ça me rappelle une blague de mon cousin Aymeric.

La reine – Aymeric ?

Le roi – Aymeric de Potage, vous savez… Il veut monter une expédition pour aller délivrer le tombeau du Christ.

La reine – Quelle idée… Il ne va pas s'envoler, le Christ.

Le roi – Euh… c'est déjà fait, en réalité.

La reine – Ah oui, c'est juste… L'ascension… Donc ?

Le roi – Eh bien chaque fois il me sort : mon vieux, monter une croisade, tu ne peux pas savoir, c'est la croix et la bannière…

La reine – Ah, elle est bonne !

Le garde – Excellent, majesté.

La fée – Bon, écoutez, pour la princesse, j'ai une proposition à vous faire…

Le roi – Ah, très bien, nous vous écoutons.

La reine – Avec bienveillance… Si votre demande est acceptable, nous ferons tout notre possible…

Le roi – Du moment que ça ne coûte pas trop cher, parce qu'en ce moment…

La fée – Écoutez-moi. Quand la princesse se réveillera, dans cent ans, tous les gens qu'elle connaît seront morts. Elle risque d'être perdue. Elle ne connaîtra plus personne. C'est très déstabilisant. J'ai donc eu une idée. Je vais endormir pour cent ans tout le château.

La reine – Comment ça ?

La fée – Tout le monde s'endormira, et se réveillera en même temps qu'elle. Ainsi, elle se retrouvera dans un univers familier.

Le roi – Alors c'est une très bonne idée… N'est-ce pas, ma bonne ?

La reine – Ah oui, pour une bonne idée, c'est une bonne idée.

Le roi – Seulement là, vous voyez, cent ans, ça va me faire long. J'ai des guerres en cours et un royaume à gérer. Alors une sieste de temps en temps, je ne dis pas, mais cent ans…

La reine – En plus, dans cent ans, toutes mes robes seront démodées. Ça fera des frais pour me refaire une garde-robe.

Le roi – J'aime mieux ne pas y penser…

La fée – Bon d'accord. Alors je vais endormir les domestiques, les dames de compagnie, les gardes…

Le roi – Ouh là ! Ouh là ! Comme vous y allez ! Nous aussi, nous aurons besoin de domestiques.

La reine – De nos jours, on n'en trouve plus.

Le roi – On garde Marguerite, la cuisinière. Elle fait un ragoût de sanglier divin. Rien que d'y penser, j'en ai l'eau à la bouche.

La reine – Vous n'avez qu'à endormir Bertille, la fille de cuisine.

Le roi – Bertille ? Mais ce serait dommage, elle sait bien faire le, euh… la…

La reine – Cette souillon ne sait rien faire du tout. Elle n'a pour elle que sa forte poitrine, que vous lutinez volontiers, mon ami, d'après ce qu'on me dit. Allez hop, congelée, ça lui éteindra peut-être le feu au derrière.

Le roi – Dans ce cas, je garde Roland, mon héraut d'armes, mais vous pouvez congeler Raymondin, l'écuyer.

La reine – Ah bon ? Je l'aurais bien gardé, celui-là.

Le roi – Vous croyez que je n'ai pas vu comme il vous regarde, avec ses yeux de carpe farcie ? Il en bave presque.

La reine – Je vous en prie, mon ami.

La fée – Bon, bon, bon, faites-moi la liste de ceux que vous voulez endormir, ça ira plus vite. Votre chapelain, le père Fulbert, j'en fais quoi ?

Le roi – Il est toujours plus ou moins en train de roupiller, vous pouvez y aller, ça ne le changera pas beaucoup.

La fée – Bon, c'est la liste ? Parfait. De par ma baguette magique, dormez majordomes, dormez femmes de chambre, dormez hallebardiers, dors souillon, dors écuyer, dors caniche de la princesse…

La reine – C'est un bichon. Il s'appelle Yfor.

La fée – Dors Yfor ? Vous vous fichez de moi ?

La reine – Ah non, pas du tout… On ne pouvait pas prévoir…

La fée – Pfff… Bon, dors Yfor, dormez tourterelles, dormez araignées, dormez mouches…

La reine – N'oubliez pas les poux.

La fée – Dormez poux, dormez puces, dors le feu dans la cheminée, dors la poussière dans l'air… À présent, nous vous laissons à votre sommeil séculaire. Adieu majesté.

La reine – C'est ça. À la prochaine fois. Ah ! Attention à la tapisserie.

Le roi – J'ai récupéré l'or, n'oubliez pas les bijoux, ma chère.

La reine – Ne vous inquiétez pas. J'ai pris aussi ceux de notre fille. On ne sait jamais, de nos jours.

Le roi – Ça… L'insécurité… Mais alors, ma mie, le coup d'Yfor… J'ai failli en pisser dans mes braies. J'ai eu du mal à ne pas éclater de rire.

La reine – Ça m'est venu comme ça.

Le roi – La tête qu'elle a fait ! Impayable…

La reine – Si elle savait que le bichon s'appelle Minouche... Et quelle sale bête... En tout cas, je n'en pouvais plus de ce château. C'est mal chauffé. Et même pas de salle de bains.

Le roi – Ma mie, je connais un petit hôtel sur la côte, vous m'en direz des nouvelles...

Scène 6
Le château, cent ans plus tard

Le Prince charmant – Ça y est… Nous voici au pied du château enchanté…

Gramuche – Je ne sais pas si c'est la redescente après le flash-back, mais on dirait une vision… Il n'est pas rassurant du tout… Ces murailles noires et suintantes qui émergent de la brume…

Le Prince charmant – Vois, Gramuche, le portail s'ouvre sans difficulté… Quelle étrange atmosphère… Tout semble figé pour l'éternité…

Gramuche – Je ne suis pas rassuré, votre suprématie… Est-ce qu'on doit vraiment…

Le Prince charmant – Non mais quelle femmelette !

Gramuche – Bon, je n'en puis plus, je dois le dire… Il faut que je le dise… Je… Oui, oui, oui, je suis une femme ! Une femme !

Le Prince charmant – Que me chantes-tu là ?

Gramuche – Écoutez-moi, votre immensité, je vais tout vous expliquer. Voilà. On a toujours cru que j'étais le fils de Gautier Gramuche, un pauvre paysan.

Le Prince charmant – Ah oui, le vieux Gautier. Qu'est-ce qu'il sentait mauvais…

Gramuche – Sur son lit de mort, mon père m'a dit la vérité. Un grand seigneur des environs avait eu une fille, fruit d'une relation coupable avec une damoiselle, fille d'un baron de ses amis. La naissance avait eu lieu en secret. Le seigneur confia l'enfant à mon père, en lui ordonnant de l'aller abandonner au fond des bois, afin que les bêtes sauvages le dévorent…

Le Prince charmant – Franchement, c'est nul. Il n'avait qu'à la noyer.

Gramuche – Toujours est-il que mon père n'eut pas le cœur d'abandonner l'enfant. Il décida alors…

Le Prince charmant – *(Bâillant)* Aouah… Excuse-moi, je m'assieds, c'est un peu long comme histoire.

Gramuche – Il décida alors…

Le Prince charmant – Le seigneur ?

Gramuche – Non, mon père. Suivez…

Le Prince charmant – Mais ce n'est pas ton père, du coup.

Gramuche – Oui, mais tout le monde le croyait. Bref, ne m'embrouillez pas. Donc, Gautier Gramuche décida d'élever la petite fille, mais, pour écarter tout soupçon, il la fit passer pour un garçon, pour son fils.

Le Prince charmant – Tu es sûr d'avoir bien compris ?

Gramuche – Mais oui, bien sûr. Pendant qu'il parlait, je me bouchais le nez, mais pas les oreilles.

Le Prince charmant – Mais alors…

Gramuche – Hé oui…

Le Prince charmant – La petite fille, c'est toi !

Gramuche – Vous êtes d'une intelligence hors pair, votre luminosité.

Le Prince charmant – Tu ne m'apprends rien.

Gramuche – En outre, sur son lit de mort, Gautier me révéla le nom de mon véritable père, et vous seriez surpris d'apprendre…

Le Prince charmant – Peut me chaut ton ascendance de rustre. Bon, pouvons-nous poursuivre ?

Gramuche – Attendez, votre inoxydabilité. Le problème, c'est que mon père, jusqu'à sa mort, ne m'avait rien dit. J'ai toujours cru être un damoiseau. Je ne fus détrompé que le jour où je tentai de forcer Guillemette, la servante de l'auberge. Après avoir fait semblant de résister, elle allait succomber, je dégrafai mes chausses, bien décidé à lui faire subir les derniers outrages, mais alors elle me fit observer que je n'avais pas de quoi parvenir à mes fins… Figurez-vous que je n'avais rien remarqué jusque-là. Je pensais que les garçons étaient ainsi faits. Ce fut une révélation pour moi... Enfin, nous nous sommes débrouillés tout de même.

Le Prince charmant – C'est du propre.

Gramuche – Oh, je me repens. J'ai changé. J'aime les hommes. Je ne suis pucelle que vous croyez.

Le Prince charmant – Celle-là, mon pauvre Gramuche, elle est vieille comme mes robes. Alors comme ça, tu aimes les hommes, hm ? Allons, ne rougis pas, va, ne rougis pas, tu as... tu as de beaux yeux. Quel est ton nom, alors, ma mignonne ? J'ai toujours cru que tu t'appelais Raoul...

Gramuche – Mon petit nom, en réalité, c'est Brooklyn-Moon Lily.

Le Prince charmant – Très joli. Très frais. Mais alors ce qui moult m'ébaubit...

Gramuche – Plaît-il ?

Le Prince charmant – Ce qui m'étonne beaucoup. Je te signale que nous sommes censés parler en vieux françois.

Gramuche – Ah oui, pardon...

Le Prince charmant – Donc. Ce qui moult m'ébaubit, c'est la perfection de ton grimage. Toi qui es une charmante pucelle, quel exploit de réussir à prendre l'apparence d'un gros butor crasseux...

Gramuche – Merci, votre immensité. Merci. Toutefois...

Le Prince charmant – Cette grosse bedaine, ces sourcils broussailleux, ces mains velues, ce menton en galoche, ces cheveux clairsemés, ces dents noirâtres… Tu as soigné les plus petits détails… Cette verrue pleine de poils sur ta joue, c'est très fort. Allons mignonne, défais-toi céans de cette défroque, dépouille-toi de tous tes artifices, que je puisse te contempler en ta nature véritable et me réjouir la vue d'une accorte damoiselle. Je sens déjà le feu parcourir mes veines, et peu s'en faut que dans mon enthousiasme je ne baise tes charmants appas.

Gramuche – C'est-à-dire, votre munificence…

Le Prince charmant – Eh bien ? Je m'impatiente. Je brûle. Je n'y tiens plus.

Gramuche – Il n'y a nul grimage. Je me suis contentée de revêtir des habits d'homme.

Le Prince charmant – Ah ?… Euh… Ah bon ?

Gramuche – C'est la vérité.

Le Prince charmant – Bien bien. Allez, nous avons à faire.

Gramuche – Mais… Vous ne brûlez plus ?

Le Prince charmant – Si si, bien sûr, mais pour le moment il nous faut découvrir ce qui se cache dans ce mystérieux manoir. Donc assez de marivaudage.

Gramuche – Et allez donc.

Le Prince charmant – Quoi ?

Gramuche – Marivaudage. Encore un anachronisme.

Le Prince charmant – Anachronisme toi-même, maraud. Enfin, maraude. Tu oses me traiter d'anachronisme ! Est-ce que j'ai une gueule d'anachronisme ?

Gramuche – Mille pardons, mon Obersturmführer.

Le Prince charmant – Tu seras fouettée pour cette insolence.

Gramuche – C'est vrai ? Fouettée nue ? Sur la place du village ?

Le Prince charmant – Euh… eh bien oui, naturellement…

Gramuche – Ouh là là… j'en frissonne toute…

Le Prince charmant – Mais tu es un bon… Enfin, une bonne servante. Je te ferai peut-être grâce.

Gramuche – Ah non, maître. Vous êtes trop bon. J'ai été insolente. J'ai mauvais esprit. Je mérite d'être corrigée.

Le Prince charmant – Mouais. Bon. Ah, je crois que voici la grande salle.

Gramuche – Le chemin est barré par un hallebardier, votre satiété. Et il n'a pas l'air commode.

Le Prince charmant – Laisse-moi faire. Holà, garde ! Annonce à ton maître que le Prince charmant désire l'entretenir.

Gramuche – Hum…

Le Prince charmant – Eh bien, manant ? Vas-tu obéir ?

Gramuche – Hum… hum…

Le Prince charmant – C'est inconcevable ! As-tu une langue, maraud ?

Gramuche – Tia la la…

Le Prince charmant – J'y renonce, le bougre doit être idiot. Essaie, toi, Broukloun machin…

Gramuche – Brooklyn-Moon Lily.

Le Prince charmant – C'est ça… entre butors, vous pourrez peut-être vous entendre.

Gramuche – Euh… Salut à toi, grand guerrier. Nous venir en paix. Toi nous mener à ton chef… Hé oh ? Y a quelqu'un ?

Le Prince charmant – Incroyable. Il est peut-être mort. Touche-le, pour voir…

Gramuche – Non, il a la joue tiède… Et… oui, un goût salé, et un petit arrière-goût de vieux cuir et de viande rassise.

Le Prince charmant – Mais qu'est-ce que tu fais ? C'est dégoûtant… Arrête tout de suite…

Gramuche – Entrons, maître… Il a l'air comme pétrifié…

Le Prince charmant – Tu as raison… Mais… c'est étrange…

Gramuche – Ça alors…

Le Prince charmant – Tout semble figé dans cette salle…

Gramuche – Regardez, maître… Ce serveur… Il bandit à bout de bras un plat contenant un gros pâté, il semble marcher mais…

Le Prince charmant – Mais il ne bouge pas… Et ce seigneur, là-bas, avec le col d'hermine… Il lève la main, qui contient une balle, pour amuser le chien… Et le chien…

Gramuche – Le chien est dressé sur ses pattes de derrière, immobile…

Le Prince charmant – Tout au fond, au coin de la cheminée, la servante surveille le porcelet qui cuit…

Gramuche – Assis derrière elle, ce gros bonhomme rubicond… Oui… Je ne me trompe pas…

Le Prince charmant – Tu as bien vu : profitant de la pénombre, il a glissé une main sous la jupe de la fille, mais son bras ne bouge pas plus que la servante ne se rebiffe, et son sourire paraît fixé sur son visage rougeaud.

Gramuche – Mais le feu, monseigneur, le feu…

Le Prince charmant – Je ne puis le croire…

Gramuche – Mais si pourtant… Les flammes ne bougent pas, le porcelet ne grille pas…

Le Prince charmant – Tout ici semble figé pour l'éternité. C'est un enchantement, pas de doute…

Gramuche – C'est rigolo, votre prospérité, même les mouches sont immobiles en plein vol… Regardez comme c'est facile de les attraper… et hop… Tiens, ça me donne une idée…

Le Prince charmant – Que fais-tu donc avec cette vieille dame ? Allons, Gramuche, vas-tu cesser ?

Gramuche – Hé hé, que vous en semble, votre immensité ? La vieille n'est-elle pas plus amusante à quatre pattes, le chapeau de travers, en train de renifler le derrière de ce ménestrel ? Quant au ménestrel, je lui fourre son luth entre les jambes, et il va… là, le tenir à deux mains comme s'il brandissait son engin… Quelle scène ! Et qui sera tout surpris, tout vergogneux, quand viendra le moment du réveil ?

Le Prince charmant – J'avoue que… ho ho… c'est… hi hi… Bon, tu ne respectes rien, bougresse. Allons, tâchons d'explorer ce château pour en comprendre le secret, si faire se peut. Suivons ce couloir, là-bas…

Gramuche – Je crois que nous voici dans la salle des gardes, mon maréchal.

Le Prince charmant – Non mais qu'est-ce que… Ah, il s'en passe de belles, dans les salles de garde…

Gramuche – Ces soudards se donnaient de la joie, à ce qu'il semble.

Le Prince charmant – Jamais je n'aurais imaginé une chose pareille. Regarde-moi ce vieux reître, là-bas, avec ses grosses moustaches, sa peau tannée et son allure guerrière, qui eût cru qu'il aimait être… se faire… pendant qu'avec le manche de sa hallebarde, il… Ah, même à la dire, la chose me répugne. Espèces de bougres, sodomites, dépravés, tenez, goûtez-moi ça…

Gramuche – Allons, votre sapience, inutile de les frapper, peu leur chaut, ils ne sentent mie vos coups.

Le Prince charmant – Certes, mais moi, ça me fait moult bien.

Gramuche – Moult ?

Le Prince charmant – Moult. Mais tu as raison. Tant pis pour eux. Les voilà figés dans leurs honteuses pratiques pour l'éternité.

Gramuche – Que voulez-vous, votre importance, on s'ennuie, dans les salles de garde.

Le Prince charmant – Tais-toi donc… Et où va cet escalier en colimaçon ?

Gramuche – Prudence, votre plénitude. C'est peut-être le repaire de l'enchanteur…

Le Prince charmant – Oooh !

Gramuche – Euh… Tout va bien, votre témérité ?

Le Prince charmant – Mais oui, viens donc, tu vois, c'est une belle chambre, ornée de riches tapis et de galantes tapisseries… Le lit à colonnes de bois précieux s'entoure de voilages d'un blanc immaculé… chut !

Gramuche – Que se passe-t-il ?

Le Prince charmant – Mais tais-toi donc… Ce petit bruit…

Gramuche – En effet… On dirait le grincement d'une poulie… Ou une scie qui entame un chêne… Ou les vocalises de Tanguy, le ménestrel, quand vous l'honorez d'un coup de pied au cul…

Le Prince charmant – Quelqu'un respire dans ce lit…

Gramuche – N'y allez pas, votre immensité… On ne sait jamais… Dieu que j'ai peur…

Le Prince charmant – Oh !

Gramuche – Ah !

Le Prince charmant – Jarnidieu, quel superbe morceau !

Gramuche – Vierge Marie… Un morceau de quoi ? Il y a du sang ? Je préfère ne pas voir ça…

Le Prince charmant – C'est une expression, balourde que tu es ! Un morceau de roi, un beau brin de fille, un canon !

Gramuche – Elle est entière, alors ? J'aime mieux ça…

Le Prince charmant – Elle est entière, et mieux que ça, quelle profusion de charmes… Regarde, la chemise de fine batiste a glissé sur l'épaule, et découvert le sein… Qu'il est blanc, qu'il est rond, qu'il est généreux…

Gramuche – De fait, on dirait un de ces sacs de blé de trois boisseaux qu'on rentre en la grange après moisson…

Le Prince charmant – Tu es un délicat troubadour, Bocal Semoule Zizi.

Gramuche – Brooklyn-Moon Lily.

Le Prince charmant – C'est ça. Et ce visage angélique, ces longs cheveux d'or étalés sur les draps… Ces mains fines et aristocratiques…

Gramuche – Certes, mais l'index de la main gauche est tout aplati…

Le Prince charmant – Peu importe… Et ce cou…

Gramuche – Ça, oui, elle a un de ces cous…

Le Prince charmant – Un très beau cou…

Gramuche – Un cou potelé à souhait…

Le Prince charmant – Un cou de roi ! Ah, qui vit jamais une telle abondance d'appas…

Gramuche – S'il y a abondance, il y en a peut-être pour deux.

Le Prince charmant – Veux-tu bien écarter tes sales pattes velues de cette peau virginale, monstre de la nature ? Je croyais que tu ne mangeais plus de ce pain-là…

Gramuche – Vous savez ce que c'est, l'occasion, comme on dit…

Le Prince charmant – Sache, Broucoule Mini…

Gramuche – Brooklyn-Moon Lily.

Le Prince charmant – C'est ce que je disais. Sache, Mammouth Brocoli, qu'un seigneur de mon rang ne partage pas avec une créature de basse extraction…

Gramuche – Ah, je vous demande bien pardon, à ce propos...

Le loup – Dites, si vous pouviez aller discuter ailleurs...

Le Prince charmant – Damnation ! Que fait ce loup entre les draps ?

Le loup – J'étais là le premier. Attendez votre tour.

Le Prince charmant – Hors d'ici, créature de l'enfer, ou tu tâteras de Flamberge, ma bonne épée !

Le loup – Puisque que c'est demandé gentiment, à vous l'honneur, je me retire.

Le Prince charmant – Bien. Où en étais-je ?

Gramuche – Hm... votre immensité...

Le Prince charmant – Quoi encore ?

Gramuche – Nous ne les avions pas vus, derrière le lit, mais il y a là sept nains qui...

Un nain – Nous étions après le loup.

Un deuxième nain – Oui, à la queue, comme tout le monde...

Un troisième nain – Resquilleur !

Un quatrième nain – Et juste après nous, il y a Riquet à la houppe...

Riquet à la houppe – Bien le bonjour...

Un cinquième nain – Et le chat botté...

Le chat botté – Monsieur...

Un sixième nain – Et les trois petits cochons !

Premier petit cochon – Enchanté...

Deuxième petit cochon – Enchanté...

Troisième petit cochon – Enchanté...

Le Prince charmant – Mais c'est pas vrai ! C'est une soirée chez Strauss-Kahn ou quoi ! Hors d'ici, gnomes hideux, pygmées, demi-portions, sous-hommes, ou je vous raccourcis encore ! Et vous aussi, l'affreux bossu et le matou pelé ! Et la bande de porcs avec ! Vous ne polluerez pas de votre bave infecte ce pur diamant, cette fleur immaculée !

Un septième nain – Ouah l'autre, eh !

Le premier nain – Nanophobe !

Riquet à la houppe – Validiste !

Le chat botté – Spéciste !

Les trois petits cochons – Suidophobe !

Le premier nain – On se plaindra !

Le deuxième nain – On va publier une tribune dans *Libération* !

Riquet à la houppe – On va te pourrir ta race sur twitter !

Le Prince charmant – Mais oui, c'est ça, allez ouste ! Violeurs ! Bon, c'est tout ? Personne n'est dissimulé sous la courtepointe ? Pas de géant dans l'armoire ? Pas d'ogre sous le lit ?

Gramuche – Clear.

Le Prince charmant – Aaaah. Enfin. Une occasion pareille ne se présente pas tous les jours. C'est à ne pas rater. D'ordinaire, il faut se livrer à toutes sortes de simagrées, inviter à danser, murmurer des mots doux, baiser la main, faire des serments, jouer du luth, se parfumer, offrir des fleurs, et encore bien souvent pour rien du tout, pas même une main sur la cuisse ! On se dépense, on fait des frais, et on se retrouve bredouille. Je vais honorer cette damoiselle, et l'honorer sévère. Regarde bien, Moumoute Brique Polly, tu vas voir ce que c'est qu'un homme, un vrai, un sauvage, un guerrier du déduit, une bête. Il n'y a pas de mal d'ailleurs, personne ne le saura, même pas elle. Elle ne saura jamais ce qu'elle a manqué ! Dis-moi, Bouboule Mine Lali, ma minivague est-elle bien en place ? Un guerrier se doit de monter à l'assaut impeccablement coiffé…

La sensitivity reader – Excusez-moi…

Le Prince charmant – Allons bon, que fais-tu céans de nouveau, sinistre dansity vireur… sinistre rance city videur… sinistre contrôleuse…

La sensitivity reader – Sensitivity reader. Je passe inspecter ce château de temps à autre. Je vois que j'arrive à point nommé. Vous ne pouvez pas toucher la princesse. Pas même un baiser.

Le Prince charmant – Et pourquoi ça ?

La sensitivity reader – Parce qu'il n'y a pas consentement. Il s'agit donc d'un viol. Une telle scène corrobore la culture du viol, et accoutume les enfants à des représentations sexistes qui ne font qu'aggraver la domination masculine.

Le Prince charmant – Bon, Gramuche, je crois que nous tenons un arrangement gagnant-gagnant. Cette femelle arrive au bon moment, finalement. Elle est noiraude, mais tu n'es pas difficile. Occupe-toi d'elle, je m'occupe de la belle endormie…

Gramuche – Avec plaisir…

La sensitivity reader – Mais lâchez-moi ! Au secours ! C'est un conte de fées ! Vous ne pouvez pas…

Gramuche – Espèce de sale transphobe… Ah… elle m'a échappé, votre ventripotence, elle est tombée dans l'escalier, et je crains qu'elle ne se soit rompu le cou, sa tête fait un angle bizarre…

Le Prince charmant – Tant pis pour elle. À présent, je pose mes lèvres sur les lèvres purpurines de la damoiselle… Je vais te me lui rouler une galoche de compétition…

La princesse – Ouaouh, j'ai bien dormi… C'est bizarre, j'ai rêvé d'un loup… Quelle heure est-il ?

Gramuche – L'heure que votre altesse désire…

La princesse – Ah, c'est vous, mon prince ? J'ai rêvé de vous aussi… Vous vous êtes bien fait attendre…

Gramuche – C'est que je viens de loin. En réalité, princesse, si je suis bien un prince authentique, je dois vous avouer que j'ai commencé comme forgeron…

La princesse – Forgeron ? Comme c'est intéressant… Avec des enclumes ?…

Gramuche – Avec des enclumes. Mais j'ai malheureusement fait faillite, et j'ai dû pour vivre entrer au service d'un imbécile qui… Au fait, où est-il passé ?

La princesse – Qui ça ?

Gramuche – Mais le… Non, rien, ne faites pas attention. Je vous disais que j'avais dû m'abaisser à un métier servile, alors que, comme l'atteste cette médaille à mon cou, je suis fille, pardon fils de roi, et compte bien faire valoir mes droits… Tiens, qu'est-ce que c'est, là, sur votre couverture ?

La princesse – Oh, une jolie petite grenouille…

Gramuche – Une grenouille… Se pourrait-il… Mais oui… cet abruti n'était qu'une grenouille transformée en prince… Un baiser de princesse, et pouf, retour au départ !

La princesse – Je n'entends mie vos paroles, mon prince.

Gramuche – Ne trouvez-vous pas, lumière de ma vie, que cette grenouille a l'air stupide ? Regardez-moi ces yeux globuleux, cette grosse bouche baveuse. Beurk. Hein que tu es moche, grenouille, hein que tu es bête ?

La grenouille – Coa. Coa.

Gramuche – Quoi ?

La grenouille – Coa ! Coa !

Gramuche – Quoi ? On ne comprend rien à ce que tu racontes, misérable batracien.

La princesse – Laissez-donc ce batracien tranquille, mon cher prince. Parlez-moi plutôt de forge…

Gramuche – Volontiers, ma beauté… Eh bien, les forges de maréchalerie, qu'on appelle aussi forges à fer ouvré, sont destinées à chauffer les diverses barres de fer qui doivent être converties en fers, en armes ou en pièces de cuirasses.

La princesse – Que c'est beau. « Forges à fer ouvré » : quelle poésie !

Gramuche – Ces forges consistent en une plate-forme carrée, en brique ou en fonte, légèrement déprimée en son milieu pour recevoir le combustible et la pièce à chauffer. Sur l'un des côtés de cette plate-forme s'élève un mur vertical en brique, en fonte ou en fer, percé, à la partie inférieure, d'un trou par lequel passe une petite tuyère destinée à lancer de l'air dans le foyer.

La princesse – Ah, vous savez parler aux femmes, mon prince. C'est vous que j'attendais depuis si longtemps. Je veux qu'on nous marie dès ce jour. Allons, apprêtons la noce, ordonnons le banquet… Ah, prends-moi, là, tout de suite, sois mon marteau, je serai ton enclume.

Gramuche – Je… C'est juste que…

La princesse – Quoi donc ?

Gramuche – Pour ce qui est du marteau… Oh et puis zut, marions-nous, nous serons heureux, foi de Raoul…

La princesse – Raoul… C'est si gentil, comme nom… Raoul… Raoul… Raoul roucoule… Viens…

Gramuche – Je viens… J'accours… Tiens, pour le banquet, pour commencer, je verrais bien des cuisses de grenouille…

La forêt – Je suis la forêt. Je… Alors, je suis la forêt et… Voyons, qu'est-ce que je disais ?…

Table

DU MÊME AUTEUR

Bibliographie sélective

RÉCITS & ROMANS

Carnage de clowns, L'Harmattan, 1999.

Dans mon chien, Parc, 2002.

Pays perdu, L'Esprit des péninsules, 2003 (rééd. Pocket, 2005). Prix Générations.

Festins secrets, L'Esprit des péninsules, 2005 (rééd. Pocket, 2007). Prix Thyde Monnier de la SGDL, prix Renaudot des lycéens, prix Valery Larbaud.

L'Œuvre du propriétaire, L'Archange minotaure, 2006.

Petits Chaperons dans le rouge, L'Archange minotaure, 2006.

L'Heure et l'Ombre, L'Esprit des péninsules, 2006 (rééd. Pocket, 2008). Prix Folies d'encre, prix Mille Pages.

Carnets d'un voyageur zoulou dans les banlieues en feu, Gallimard, 2007.

Le Tibet sans peine, Gallimard, 2008 (rééd. Folio, 2010). Prix du livre de montagne.

La Cantatrice avariée, L'Esprit des péninsules, 2008 (rééd. Pocket, 2009).

Paradis noirs, Gallimard, 2009 (rééd. Folio, 2013).

La Présence, Les Allusifs, 2010.

Le Maréchal absolu, Gallimard, 2012. Prix Virilo.

La Première Pierre, Gallimard, 2013 (rééd. Folio, 2015). Prix Jean Giono.

Winter is coming, Gallimard, 2016 (rééd. Folio, 2018).

Le Voyage du canapé-lit, Gallimard, 2018 (rééd. Folio, 2020).

POÉSIE & LIVRES AVEC DES ARTISTES

Haïkus tout foutus (poèmes, encres de Kristian Desailly), Voix d'encre, 2004.

La Quadrature du sexe (photographies d'Henri Maccheroni), Voix d'encre, 2009.

Quarante ans de rentrées littéraires (photos d'Ulf Andersen), Anabet, 2010.

Tératologie (photographies de Jacques Crenn), L'Échappée belle, 2011.

Voyage en Auvergne (linogravures de Pio Kalinski), Page centrale, 2012.

Crucifixion rumba (poème, aquarelles de Barrie Hastings), Le Réalgar, 2012.

La Vieille à sa fenêtre (poème, peintures de Francis-Olivier Brunet), Le Réalgar, 2012.

Cézallier : Le far centre (photographies d'Emmanuel Boitier), Revoir, 2017.

Trois danses foirées (gravures de Pierre Jourde), Voix d'encre, 2021.

ESSAIS

Géographies imaginaires, Corti, 1991.

Huysmans : À rebours, l'identité impossible, Champion, 1991.

L'Alcool du silence (sur la décadence), Champion, 1994.

L'Opérette métaphysique d'Alexandre Vialatte, Champion, 1996.

Visages du Double. Un thème littéraire, avec Paolo Tortonese, Nathan, 1996 (rééd. Armand Colin, 2005).

Empailler le toréador : l'incongru dans la littérature, de Charles Nodier à Éric Chevillard, Corti, 1999.

Littérature et authenticité, L'Harmattan, 2000 (rééd. L'Esprit des péninsules, 2005).

La Littérature sans estomac, L'Esprit des péninsules, 2002 (rééd. Pocket, 2003). Prix de la critique de l'Académie française.

Petit déjeuner chez Tyrannie, suivi de *Le Crétinisme alpin*, avec Éric Naulleau, La Fosse aux ours, 2003 (rééd. Le Livre de poche, 2004).

Précis de littérature française du XXIe siècle, avec Éric Naulleau, Mango, 2004 (versions revues et augmentées, 2008 et 2015).

Portraits des mouches, sur les Songes drolatiques de Pantagruel, L'Archange minotaure, 2007.

Littérature monstre, études sur la modernité littéraire, L'Esprit des péninsules, 2008.

C'est la culture qu'on assassine, Balland, 2011.

Géographie intérieure, Grasset, 2015.

La littérature est un sport de combat, Page centrale, 2015.

La culture bouge encore, Hugo & Cie, 2016.

La Tyrannie vertueuse, Le Cherche-Midi, 2022.

CHEZ LE MÊME ÉDITEUR

Collections dirigées par Frédéric Brument

« LES INSENSÉS »
Littérature humoristique, comique & satirique

Robert Benchley, *Les enfants, pour quoi faire ?*
Robert Benchley, *Pourquoi je déteste Noël*
Robert Benchley, *L'économie, pour quoi faire ?*
Robert Benchley, *Pourquoi je déteste la nature*
Jackie Berroyer, *Rock'n'roll et chocolat blanc*
W. E. Bowman, *L'Expédition du Poisson Parlant*
Jean-Luc Coudray, *Lettres de burn-out*
Will Cuppy, *Grandeur et décadence d'un peu tout le monde*
Will Cuppy, *Comment attirer le wombat* (illustré par Honoré)
Gideon Defoe, *Les Pirates ! dans : Une aventure avec les Romantiques*
Gideon Defoe, *Le Sexe tout bête* (illustré par Florence Cestac)
Jack Douglas, *Ne vous fiez jamais à un chauffeur de bus nu*
Jack Douglas, *Manuel érotico-culinaire judéo-japonais et Comment élever des loups*
W. C. Fields, *Fields président !* (illustré par Otto Soglow)
Wolcott Gibbs, *Tous au pôle !*
Mykle Hansen, *Au secours ! Un ours est en train de me manger !*
Pierre Jourde, *La potiche a peur en rouge & cent autres fables express*
Stephen Leacock, *Bienvenue à Mariposa* (illustré par Seth)
Stephen Leacock, *Au pays des riches oisifs*

Spike Milligan, *Le Règne hystérique de Siffoney Ier, roi d'Irlande*

Spike Milligan, *Mon rôle dans la chute d'Adolf Hitler (Mémoires de guerre tome 1)*

Spike Milligan, *Opération Renard du désert (Mémoires de guerre tome 2)*

S. J. Perelman, *L'Œil de l'idole (Textes humoristiques tome 1 : 1930-1948)*

S. J. Perelman, *Un pékin en Afrique (Textes humoristiques tome 2 : 1950-1960)*

Emmanuel Prelle & Emmanuel Vincenot, *L'Élevage des enfants* (illustré par Florence Cestac)

Emmanuel Prelle & Emmanuel Vincenot, *L'Élevage des enfants : destination vacances !* (illustré par Florence Cestac)

Roger Price, *Le Cerveau à sornettes* (illustré par l'auteur)

Roger Price, *Votez « Moi d'abord » !* (illustré par l'auteur)

George S. Schuyler, *Black No More*

David Spector, *7 500 euros. Pastiches politico-littéraires*

James Thurber, *Ma chienne de vie* (illustré par l'auteur)

James Thurber, *L'Homme qui en savait trop peu & autres histoires criminelles* (illustré par l'auteur)

Delfeil de Ton, *Le Journal de Delfeil de Ton*

Delfeil de Ton, *Mon cul sur la commode*, suivi de *Retour à Passy*

Roland Topor, *Mémoires d'un vieux con*

Roland Topor, *Vaches noires*

Roland Topor, *Café Panique*, suivi de *Taxi Stories* (illustré par l'auteur)

Roland Topor, *La Plus Belle Paire de seins du monde*

Roland Topor, *Joko fête son anniversaire*

Roland Topor, *Théâtre Panique*, tome 1 *(Le Bébé de M. Laurent – Fatidik et Opéra – Vinci avait raison)*

Roland Topor, *Théâtre Panique*, tome 2 *(Joko fête son anniversaire – L'Hiver sous la table – L'Ambigu)*

Roland Topor, *Portrait en pied de Suzanne* (illustré par l'auteur)

Melvin Van Peebles, *Le Chinois du XIVᵉ* (illustré par Topor)

Melvin Van Peebles, *Un Américain en enfer*

Emmanuel Vincenot & Emmanuel Prelle, *L'Anticyclopédie du cinéma* (illustrée par Charles Berberian)

« Poche comique »

Robert Benchley, *Les enfants, pour quoi faire ?*

Professeur Choron, *Je bois, je fume et je vous emmerde*

Will Cuppy, *Comment distinguer vos amis des grands singes*

Will Cuppy, *Comment cesser d'exister*

Delfeil de Ton, *Le Journal de Delfeil de Ton*

Stephen Leacock, *L'Île de la tentation & autres naufrages amoureux*

Roland Topor, *La Cuisine cannibale* (illustré par l'auteur)

Roland Topor, *Vaches noires*

Roland Topor, *Cent bonnes raisons pour me suicider tout de suite*

Roland Topor, *La Vérité sur Max Lampin* (illustré par l'auteur)

Plus d'infos et d'extraits sur notre site :
www.nouvelles-editions-wombat.fr

Quarante-huitième titre de la collection « Les Insensés »,
La Grande Solderie
a été achevé d'imprimer par l'imprimerie Pulsio
à Sofia en août 2022.
Première édition.
Dépôt légal : octobre 2022.